작곡가
**최현일**

# 작곡가 최현일 4

Dr.Dre 장편소설

초판 1쇄 찍은 날 § 2017년 2월 8일
초판 1쇄 펴낸 날 § 2017년 2월 15일

지은이 § Dr.Dre
펴낸이 § 서경석

편집책임 § 김슬기

펴낸곳 § 도서출판 청어람
등록번호 § 제387-1999-000006호
등록일자 § 1999. 5. 31
어람번호 § 제1-2624호

주소 § 경기도 부천시 부일로 483번길 40 서경B/D 3F (우) 14640
전화 § 032-656-4452  팩스 § 032-656-4453
http://www.chungeoram.com
E-mail § chungeorambook@daum.net

ISBN 979-11-04-91196-5 04810
ISBN 979-11-04-91056-2 (세트)

# 작곡가 최현일

FUSION FANTASTIC STORY

Dr.Dre 장편소설

4

도서출판 청어람

작곡가
최현일

# CONTENTS

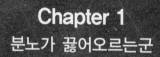

# Chapter 1
## 분노가 끓어오르는군

―모든 걸 꿰뚫어 보는~ 기호 ○번~! 문기희!

―이 세상 풍요롭게 만들어줄 기호 □번 박주완!

지금 바깥은 대선을 위한 선거 유세가 한창이다.

현일은 회사 건물 옥상에서 트럭을 타고 다니며 국민들에게 손을 흔드는 대통령 후보를 바라보았다.

"후~"

담배 연기에 가려졌던 차량은 어느새 연기와 함께 어디론가 사라져 버렸다.

'이제 2개월 뒤면 투표로군.'

선거 차량이 소리 지르는 선거 로고송.

흥겨운 멜로디에 톡톡 튀는 아이디어로 가사를 바꾼 재미있는(?) 선거 로고송을 거의 세뇌하다시피 틀어댄다.

그러다 보면 자기도 모르게 흥얼거리게 된다.

요즘은 프라이버시를 중시하는 시대라 그런지 정신없고 시끄럽다는 이유로 중앙선거관리위원회에 민원을 넣는 사람들도 있다고 한다.

'실제로 시끄럽긴 하지.'

분명 낮에 잠을 자야 하는 직업을 가진 사람들도 있을 텐데, 그런 사람들을 배려하지 않고 못 자게 만든다.

'붉었어.'

선거 트럭에서 나오는 파장은 파란색 20%와 아무 의미 없는 하얀색 75%에 나머지는 분명 붉은 기운이 섞여 있었다.

물론 그건 ○번이나 □번이나 피장파장이었지만, 그래도 □번 후보의 노래에 붉은색이 더 많았다.

현일은 어쩌면 그것이 □번 후보 박주완이 진 이유 중의 하나일지도 모른다는 생각이 들었다.

'…너무 넘겨짚었나?'

어쨌거나 현일은 작곡가이니까.

그리고 여기에 소음에 민감한 사람이 한 명 있다.

"으으으으!"

건물 안으로 들어오니 현일의 눈에 헤드폰으로 귀를 틀어막은 채 신음을 흘리고 있는 이지영이 보였다.

예전부터, 그러니까 전생에서부터 이지영은 소음에 민감했던 것 같다.

현일이 말을 건넸다.

"고통스러워?"

"네, 으윽! 이래서 전 선거철이 제일 싫어요."

"난 여름. 모기가 너무 싫어."

"완전 공감!"

옆에 있던 안시혁이 한마디하자 이지영이 공감했다.

이윽고 그녀는 무표정한 주위 사람들을 둘러보며 의문을 표했다.

"근데 오빠들은 아무렇지도 않아요?"

"별로."

"별로."

"……."

동시에 같은 대답을 말하는 현일과 안시혁, 그리고 그러거나 말거나 묵묵히 자신의 일에 집중하는 김성재이다.

"으으, 부럽네요. 그나저나 선거 유세 저거는 뭐, 소음 공해로 신고 같은 거 안 되나?"

그녀가 투정을 부렸다.

"선거 유세의 소음 공해는 10년 전부터 제기되어 온 문제인데, 안타깝게도 현행 공직 선거법에서는 연설, 대담 차량에 대해서는 법으로 제정된 한도가 없어."

"역시 성재 형은 박학다식하네요."

"뭘 이 정도 가지고.

"선관위에서는 이런 문제에 대해 인식하고 있고 선거법을 개정해 달라는 민원을 국회에 제출하고는 있는데, 법을 제정하시는 우리 국회의원님들은 콧방귀조차도 안 뀌는 모양이신가 봐."

안시혁도 몇 마디 거들었다.

"흠, 이번 대선은 과연 누가 이길까요? 소음 공해를 줄이겠다
는 공약이라도 걸면 바로 찍어줄 텐데."

18대 대선의 정확한 선거일은 12월 19일.

기호 ㅇ번 문기희와 기호 ㅁ번 박주완 후보의 대결이었다.

'문기희 후보가 이겼지.'

약 3~4% 차이였다.

"그래도 저번 국회의원 보궐선거 때는 잘 참았잖아?"

"그거야 지금만큼 시끄럽진 않았으니까요. 게다가 그땐 김원
호 후보 로고송은 듣기 좋았어요."

"그럼 김원호 후보한테 투표했겠네?"

"그건 비밀이랍니다. 선거 원칙!"

"흠, 그렇단 말이지?"

"설마 이번 대선에서도 로고송 만드시려고요?"

현일이 어깨를 으쓱해 보였다.

"안 될 거 있나?"

"안 될 건 없죠."


＊　　　　　＊　　　　　＊


'역시는 역시 역시군.'

이쪽저쪽에서 대선 후보와 관련된 인물이 현일의 앞에 나타나
기 시작했다.

문기희 후보가 몸담고 있는 S당과 박주완 후보의 D당이, 그리
고 그 외 다른 당에서도 현일을 찾아왔지만 당연히 '기타 당'들

은 제외이다.

'안 될 게 당연하니까.'

물론 무소속으로 큰 인물이 또 한 명 나오기는 하지만, 그 사람은 대선 후보에서 자진 사퇴할 예정이다.

결국 문기희와 박주완 중에서 한 명을 선택해야 하는데, 현일은 박주완 후보를 점치고 있었다.

전생에서는 문기희 후보가 이긴다는 것이 큰 이유였다.

이긴 사람을 더 이기게 만드는 건 의미가 없다.

진 사람을 자신의 손으로 직접 역전시키는 것이야말로 묘미였다.

그리고 거기서 조금의 덤도 얻어갈 수 있을 것이고.

"S당의 홍보 담당 보좌관입니다."

"죄송합니다."

"D당에서 홍보를 담당하고 있는……."

"좀 더 생각을 해보고 나중에 연락드리겠습니다."

일단 현일은 지금은 정중히 거절했다.

여론조사가 끝나면 그들의 발등에 불이 떨어질 테니까.

협상은 그때 시작하기로 했다.

"덤이라고 하면 역시……."

생각해 둔 것은 있다.

작곡가의 권리를 보호받을 수 있는 것들 말이다.

예를 들면 박태식 작곡가의 '질량가속'이라는 노래가 있다.

근육 캐릭터들이 레슬링을 하는 애니메이션의 한국판 오프닝 곡으로 쓰인 노랜데, 정작 만화보다 훨씬 더 대박을 쳤다.

오죽하면 툰이버스 자체 제작 불후의 명곡이자 오프닝계의 레전드라 불리겠는가.

하지만 중요한 것은······.

"하나도 못 받았습니다."

"정말 한 푼도요?"

"예. 질량가속을 스포츠 구단을 비롯한 각종 매체에서 엄청나게 틀어댔는데, 정작 저는 저작권료를 단 한 푼도 지급받지 못했습니다! 이게 정말 말이 됩니까? 그것도 7년이 지났는데!"

쾅!

분노로 가득 차오른 박태식이 테이블을 내려쳤다.

더욱더 안타까운 것은 이 양반이 미래에도 계속 투쟁을 멈추지 못하고 있다가 결국 최후엔 포기해 버린다는 사실이다.

그리고 현일은 그 미래를 한번 바꿔볼 참이다.

"자세히 얘기해 주십쇼. 구단에서 돈을 안 주는 겁니까?"

"아뇨. 구단에서는 저작권료를 지불했습니다. 그 돈이 대한음악저작권협회를 거쳐서 저한테 들어와야 되는데 아무래도 대음협에서 중간에 꿀꺽한 것 같습니다. 각 구단에서는 대음협에 1년에 지정된 금액을 음악 사용료로 지불하고 해당 음악들을 사용합니다."

"그렇죠."

"그 사용료는 대음협과 수수료를 나누고 저한테 돌아와야 하는데 그 망할 돈이 안 들어옵니다. 프로야구만 해도 1년에 130경기를 넘게 소화하고 있고, 제가 직접 구장에 갈 때마다 질량가속을 최소 네 번은 들었습니다. 8개 구단이 사용하고 있으니 사용 횟수가 대략 짐작 가지 않습니까?"

"최소 천 번은 넘겠군요."

"예! 그런데 대음협에 직접 연락해서 물어본 결과 뭐라고 하는지 아십니까?"

"뭐라고 합니까?"

"삼백 회랍니다! 8개 구단이 7년 동안 고작 삼백 회!"

현일은 대음협의 횡포에 절로 인상이 찡그려졌다.

그에게서 자신과 동질감이 느껴졌다.

현일이 전생에서 이성호에게 당한 짓을 박태식은 대음협에게 똑같이 당하고 있는 것이다.

내가 피땀 흘려 키워놓은 씨앗을 웬 놈이 홀라당 열매만 따먹는 것이다.

이런 부조리함을 저지르는 놈들은 깡그리 사회에서 없어져야 된다.

"그쪽에 직접 찾아가 봤습니까?"

"당장에라도 찾아가고 싶습니다!"

*            *            *

대한음악저작권협회.

현일은 박태식과 함께 대음협을 찾아왔다.

그곳의 직원과 몇 마디를 주고받으니 별안간 대음협 홍보 마케팅 전략팀 팀장이라는 양반이 얼굴을 비쳤다.

"이정호 팀장입니다."

현일이 아는 어떤 사람과 이름도 비슷했다.

"작곡가 최현일입니다."

박태식은 이정호에게 인사도 건네지 않았다.

그저 인상을 가득 찌푸리고 있을 뿐.

"어쩐 일로 찾아오셨습니까?"

현일은 자초지종을 설명했다.

"흠, 알겠습니다."

"뭘 알겠다는 거요?"

"시정 조치를 취하겠습니다. 저희가 책임을 지고 소급 적용해 보도록 할 테니……."

7년 동안 횡령한 금액이 최소 몇 억은 될 텐데 소급이란다.

박태식으로서는 참으로 기가 막히고 코가 막힐 지경이다.

"대체 똑같은 말을 몇 번이나 들었는지 압니까?! 예?!"

"거, 진정 좀 하십쇼. 이러시면 곤란합니다."

"곤란? 내가 진짜 곤란하게 되는 게 뭔지 보여줘?!"

"어어?!"

박태식이 이정호의 멱살을 붙잡고 흔들어댔다.

현일은 그런 그를 진정시키느라 진땀을 빼야 했다.

이윽고 현일이 입을 열었다.

"이 팀장님, 두 번은 말 않겠습니다. 그동안 밀린 저작권료 일체를 박태식 작곡가에게 지불하세요."

"큼, 제 권한 밖의 일입니다."

항상 이런 식이다.

그리고 상황이 몰린다 싶으면 다른 사람에게 책임을 떠넘기려

할 것이고.

"또한 저작권료를 받지 못해 입은 피해 보상 및 기회비용까지 전부."

"아니, 당신이 뭔데 이러십니까? 기획사 대표면 답니까? 우리가 뭐 피해 준 거라도 있어요? 예?"

방귀 뀐 놈이 성내기 시작했다.

"GCM 엔터테인먼트엔 꼬박꼬박 영수증 드렸습니다! 아, 물론 박태식 작곡가님은 어떻게 했다는 건 아니고⋯⋯. 흠, 흠."

그의 말대로 현일의 저작권료를 횡령할 수는 없을 것이다.

작곡가가 법인 회사를 가지고 있으면 유통 회사(여기선 대음협)에 직접 영수 내역을 청구할 수 있으니까.

다시 말해서 대음협은 힘없는 작곡가를 상대로 등골을 뽑아먹고 있는 것이다.

명백한 갑의 횡포였다.

"청문회를 열 수도 있어요."

현일이 으름장을 놓자 이정호가 크게 당황한 것이 눈에 보인다.

"홍, 그러시던지요."

"다음에 뵙시다."

"오지 마십쇼."

물론 그럴 생각이다.

다음에 볼 땐 이곳에 안 와도 그가 직접 찾아와서 빌게 될 테니까.

아무래도 호되게 당해보지 않고서는 정신을 못 차릴 모양이다.

밖으로 나오자마자 담배를 입에 문 박태식이 연기와 함께 통탄을 내뿜었다.

"후, 항상 저런 식이에요. 이래서 안 찾아온 건데… 재판을 준비 중인데 과연 승소할 수 있을까요?"

"걱정 마세요. 제가 올해가 가기 전에 반드시 해결해 드리겠습니다."

"말씀만이라도 감사합니다. 그런데… 처음 보는 저를 이렇게 도와주시는 이유가 뭡니까?"

눈 뜨고 코 베이는 각박한 세상에서 대뜸 현일이 찾아와 도와주겠다고 나서니 그로서는 의심이 갈 만도 했다.

"박태식 작곡가님을 보니 제 생각이 나서 그렇습니다. 저도 비슷한 경험을 했거든요. 아주 많이."

"그러셨군요."

"네. 그리고 우린 같은 작곡가 아닙니까? 우리의 권리를 지키기 위해 맞서 싸워야죠. 만약 대음협의 횡포를 이대로 놔둔다면 언젠가는 저도 당할지 모르니까요."

그러자 박태식의 눈이 일순간 반짝였다.

"그 말이 맞습니다. 저도 비슷한 처지에 놓인 작곡가를 물색 중입니다. 우리 한번 힘을 합쳐봅시다."

\*　　　　\*　　　　\*

국회의사당 D당 비상 대책 위원회 회의실.

D당 소속 의원들이 옆자리 사람들과 얘기를 나누고 있다.

이윽고 문이 열리고 D당의 대표인 박주완이 침중한 얼굴로 들어와 상석에 앉자 거짓말처럼 분위기가 엄숙해졌다.

그가 무겁게 입을 열었다.

"서철안 후보가 후보직을 사퇴했음에도 불구하고 여론조사 결과 저의 지지율이 밀리고 있습니다, 여러분."

박주완 대표 최고 위원은 좌중을 쭉 둘러보고 말을 이었다.

"그에 대해 좋은 의견이 있는 사람은 누구라도 좋으니 말씀해 주십시오."

그러자 회의실 분위기가 쥐 죽은 듯이 가라앉았다.

박주완 후보가 한 사람씩 쳐다볼 때마다 그들은 눈을 피하기 바빴다.

그는 혀를 차며 마음속으로 푸념했다.

'쯧, 우리 당에 인재가 단 한 명도 없단 말인가?'

그러다 문득 한 명이 번쩍 손을 들었다.

박주완의 눈에 이채가 번뜩였다.

"현 보좌관인가? 말해보게."

보좌관이라 불린 이는 발언권을 얻자 자리에서 벌떡 일어났다.

"선거 로고송을 더 획기적으로 바꿔야 합니다."

그러자 좌중에서 연신 헛기침을 하는 소리가 들려왔다.

그중엔 보좌관을 향한 비웃음도 섞여 있었다.

박주완 후보의 이맛살이 살짝 내려앉았다.

"또 그 소린가?"

"그 작곡가는 정말 우리에게 꼭 필요한 인재입니다."

"무슨 소린지는 충분히 이해하겠네. 예전부터 귀가 떨어져라

들은 소리니까. 하지만 그 작곡가는 진즉에 우리 의뢰를 거절하지 않았나? 게다가 이미 다른 작곡가에게 로고송을 의뢰해 그 비용까지 지불하고 가사 외우느라 진땀을 뺐는데 이제 와서 그걸 바꾸잔 말인가?"

"물론입니다. 재고(再考)의 여지가 없습니다."

박주완 후보의 반박에 좌중이 연신 고개를 끄덕였고, 현 보좌관의 말에는 고개를 저었다.

현 보좌관은 박주완이 정치에 입문한 지 얼마 안 됐을 적부터 꾸준히 그를 보좌해 온 박주완의 측근이다.

뛰어난 안목으로 매번 박주완이 충분히 만족할 만한 성과를 올렸으며, 그 자신도 국회의원을 두 번이나 지냈을 정도로 유능한 인물이었다.

가만히 있어도 중간, 잘하면 대통령의 수석 비서관 자리까지 (물론 박주완 후보가 당선되고 나서의 일이다) 꿰찰 수 있을 정도의 인물이다.

그런 그가 다른 사람들에겐 쓸데없이 객기를 부려 박주완의 심기를 거스르고 있는 걸로 보이는 것이다.

박주완이 눈을 가늘게 떴다.

박주완 후보는 내심 갈등이 일었다.

'그깟 노래 하나가 뭐 대수이겠느냐만……'

현 보좌관은 엄연히 홍보 담당 보좌관이다.

그리고 박주완은 그가 마케팅, 홍보, 선전에 대해 자신보다 잘 이해하고 있음을 인정하고 있었다.

무엇보다도 그는 자신을 한 번도 실망시킨 적이 없었다.

"정말 자신이 있겠나?"

"예!"

"흠……."

박주완은 잠시 동안 고민에 고민을 거듭하더니 이윽고 결정을 내렸다.

"그럼 예산을 집행해 주지. 한번 믿어보겠네."

"대표 최고 위원님! 안 됩니다!"

"맞습니다! 대표 최고 위원님!"

"대표 최……!"

물론 일부 반대하는 무리가 없을 수가 없다.

하지만 박주완은 그들을 바라보며 입을 열었다.

"나를 당 대표 최고 위원으로 만들어준 건 여러분입니다. 그점은 무척 고맙게 생각하고 있지만 이 자리가 저에게 막중한 책임을 지게 하는 만큼 반대로 그만한 권한도 가끔은 취해야 할필요가 있다고 생각합니다. 만에 하나 일이 잘못된다면 제가 그에 대한 책임을 전부 지겠습니다. 그러나 그래도 반대하겠다면그 책임은 여러분이 저와 함께 짊어져야 할 것입니다."

그러자 더 이상 아무도 입을 여는 이가 없었다.

한 사람을 빼면 말이다.

"맡겨만 주십시오!"

*　　　　*　　　　*

"로고송은 진척이 어때요?"

"글쎄, 잘 모르겠다."

"지금 의뢰하는 후보도 없는데 괜히 사서 고생하시는 거 아니에요?"

"나중에 다시 올 거야. 분명히."

"현일 오빠는 어떨 때 보면 참 점쟁이 같아요."

"아냐. 많이 달라."

"뭐가요?"

"점쟁이는 많이 틀리지만 난 안 틀려."

"풉, 아무튼 무리하지 말고 쉬어가면서 해요. 여기 초코쉐이크."

"땡큐."

현일은 빨대를 쪽쪽 빨았다.

입속으로 올라오는 그 깊은 달콤함과 초콜릿의 향취에 감탄하며 말했다.

"근데 지금 되게 느낌이 좋아. 이럴 때일수록 뇌를 쉬면 안돼."

"무슨 느낌인데요?"

"왠지… 엄청난 노래가 탄생할 것 같다는 느낌?"

"대통령을 바꿀 수 있을 정도로요?"

"글쎄."

"피, 싱겁네요."

그러나 현일로서도 딱히 뭐라 말해주기가 힘들었다.

살면서 한 번도 시도해 본 적이 없으니까.

그나마 삼백 명이나 되는 국회의원과 우리나라에 딱 한 명 존재하는 대통령의 로고송은 임하는 각오부터가 달랐다.

로고송으로 대통령이 될 사람을 바꾼다?

세상 어느 작곡가가 로고송을 만들면서 그런 생각을 하겠는가.

어디까지나 그저 후보의 공약을 쉽게 알리기 위한 수단일 뿐이다.

그리고 현일은 감히 그 벽에 도전하고 있는 것이다.

'그전에 내가 나를 뛰어넘어야 돼.'

이건 현일 자신과의 도전이기도 했다.

이번엔 반드시 유니크 등급의 노래를 만들고 말겠다는 각오가 필요했다.

대통령을 바꾸는 데 그 정도 등급은 되어야 하지 않겠는가.

그러기 위해선 획기적인 무언가가 필요했다.

"지영아."

"네?"

"우리 회사 전체에 설문 조사 돌려야겠어."


＊           ＊           ＊


GCM 작업실.

시간은 빠르게 흘렀다.

백동일이 케이원스타에서 우승자로 거의 예정되어 방금 그가 현일에게 인사를 하러 왔다 갔다.

아무튼 현일의 예상대로 D당의 발등에는 불이 떨어졌다.

모 무소속 후보의 사퇴로 인해 박주완 후보의 지지율은 크게 올랐다. 그러나 여론조사에서는 여전히 박주완 후보가 2~3% 차이로 밀리는 중이었다. 때문에 D당의 홍보 담당 보좌관 현진섭이 다시 한 번 현일을 찾아왔다.

"일단 앉아 있으세요."

"예."

"분위기 좋은 노래 하나 들려드리고 싶은데 어떻습니까?"

"좋죠. 직접 작곡하신 건가요?"

"네."

곧 이지영이 홍차를 내왔다.

"감사합니다. 향이 너무 좋네요."

현진섭이 빙긋 미소를 지으며 그녀에게 말했다.

이지영 또한 제법 미인이었기에 눈이 안 갈 수가 없었다.

그녀가 호쾌하게 웃었다.

"그렇다고들 하시더라고요. 하하!"

"보좌관님."

"예."

"선거 로고송 의뢰를 제안한 건 박주완 당 대표님이십니까?"

그가 고개를 저었다.

"아뇨, 접니다. 그것도 아주 강력하게 주장했죠."

"이상하네요. 고작 노래일 뿐인데요."

"김원호 의원 때 딱 느꼈습니다. 아, 로고송은 이래야 하는구나 하고요. 사실 제 주변 양반들 중에서도 로고송이 지지율에 무슨 상관이냐고 태클을 거는 사람이 많은데, 그건 뭘 모르는 사람들이나 지껄이는 헛소립니다. 이건 저의 이름을 걸고 단언할 수 있어요."

"음악의 힘이죠."

"저도 음악을 좋아하는데, 김원호 의원의 로고송은 정말 파격적이었어요. 저는 그 노래가 그를 당선되게 한 원인이라 믿어 의심치 않습니다."

"감사합니다."

"이건 사적인 질문입니다만⋯⋯."

"말씀하세요."

"그 로고송, 아직도 잘 팔리죠?"

"네."

"얼마나 벌었습니까?"

"필요한 질문입니까?"

"그렇다고 할 수 있겠네요."

"저번 달에는 한 이천 벌었습니다."

에픽 등급의 노래였지만, 그래도 대중음악처럼 판매량이 높지는 않았다.

노래가 좋다곤 하지만 사람들의 인식이라는 게 있기에 선거 로고송을 돈 주고 사서까지 들으려고 하는 사람은 별로 없다.

그러자 현진섭이 상체를 앞으로 숙이며 말했다.

"작곡가님, 저 홍보 담당 보좌관입니다. 우리에게 곡만 주시면 무조건 그 수입의 최소 두 배는 벌게 해드리겠습니다."

"좋아요."

"그리고⋯ 예?"

현일이 쉽사리 수락할 거라 생각하지 않은 현진섭이 놀랐다.

그도 그럴 것이, 아티스트란 본래 고집스러운 면이 있고 한 번 정한 것을 잘 번복하지 않기 때문이다.

어찌 보면 정치가들과 비슷하다고도 할 수 있었다.

또 한편으로는 현일이 유난히 돈을 좋아하는 걸지도 모르겠다는 생각이 들었다.

'하긴 부처가 아니고서야 돈 안 좋아하는 사람은 없으니까.'

현일이 진지한 얼굴로 현진섭을 바라보며 입을 열었다.

"꼭 많이 팔리는 것이 목적은 아닙니다. 액수는 상관없어요. 그 대신에 꼭 좀 해주셨으면 하는 것이 있습니다."

"뭡니까?"

현진섭은 침을 꿀꺽 삼켰다. 내심 강렬한 호기심이 일었다.

현일이 원하는 게 무엇일까? 돈? 명예? 지위? 당의 후원?

박주완이 대통령이 된다면 무엇이든 불가능한 건 없었다.

"작곡가들의 입지를 찾아주셨으면 좋겠습니다."

"예를 들면요?"

현일은 박태식의 이야기를 그에게 들려주었다.

그러자 현진섭은 공감한다는 듯 귀를 쫑긋 세우고 연신 고개를 끄덕였다. 그는 현일의 말을 들으면서 왠지 자기 가족의 일처럼 슬픔과 분노가 느껴졌다.

"완전히 개새끼들 아닙니까?"

"그렇죠. 그 외에도 '여왕'이라는 사극 드라마 아시죠?"

"예."

"그 드라마의 OST는 모든 오케스트라 녹음을 체코에서 작업했습니다. 또한 OST에 폴 포츠까지 참여할 정도로 대단히 공을 들인 노래들인데, 정작 그 드라마의 음악감독에게 들어온 수입이 거의 입에 풀칠할 정도밖에 안 됩니다. 지금 작곡가들의 세계엔 이런 일들이 비일비재합니다."

이것도 박태식 작곡가에게 들은 얘기이다. 여왕의 음악감독이 그의 친구였다.

"그렇군요. 몰랐던 사실입니다. 그러니까 작곡가님은 그에 대한 합당한 법안을 제정해 달라는 거지요?"

"정확히는 작곡가들의 권익을 보호할 수 있는 법안이죠."

"그럼 최대한 작곡가님의 의견을……."

현일이 그의 말을 잘랐다.

"최대한이 아닙니다. 무조건이 아니면 안 됩니다."

"아, 알겠습니다."

현진섭이 흔쾌히 대답했다.

그가 현일의 말에 마치 제 일이라도 되는 양 공감하는 이유는 별것 아니었다.

원인은 현일이 처음에 튼 노래에 있었다.


[설득의 노래: 에픽'을 재생합니다.]

[이 음악에 녹아 있는 감정은 '공감'입니다.]

[이 음악을 듣는 사람은 화자의 말에 깊이 공감할 것입니다.]

[협상에서 유리한 위치를 점할 수 있게 됩니다.]


예전에 이성호가 현일을 직접 찾아왔을 때 튼 바로 그 노래를 변형한 것이다.

사실 현일로서는 그 무엇보다 먼저 유니크 등급을 만들고 싶은 음악이 바로 이런 감정이 담긴 노래였다.

가령 지금처럼 별것 아닌 말에도 사람의 마음을 원하는 대로 휘두를 수 있다면 현일의 엄청난 무기가 되어줄 것이다.

'박주완 후보가 직접 왔으면 더 좋았을 것을.'

다만 문제는 현진섭이 아직은 후보의 보좌관에 불과하다는 것이다.

'최소한 이자가 대통령의 수석 비서관으로 승진한다면 좋을 텐데……'

그러려면 그가 최대한 실적을 만들어야 할 것이다.

그 실적은 현일이 주는 곡에 따라 결정될 것이고.

이제는 비장의 무기를 꺼내 들어야 할 때가 온 것 같았다.

"작곡가님, 그전에 일단 노래를 빨리 만들어주셔야 합니다. 선거가 얼마 남지 않았어요."

현일은 대답 대신 빙긋 웃으며 무언가를 건넸다.

그에 현진섭이 의아한 표정을 지었다.

"이건……?"

"USB죠."

# Chapter 2
## 유니크의 법칙

"벌써 만들어놓은 거군요?"

"네."

현일은 지난날을 떠올렸다.

이 노래 하나를 만들기 위해 미친 듯이 발로 뛰었다.

회사 내의 모든 직원에게 설문 조사를 했고, 길거리의 시민들을 붙잡고 양해를 구해 많은 것들을 물어보았다.

선거 로고송을 어떻게 만들면 좋겠는지를 말이다.

윤석진에게도 요청해 그와 관련된 신문 기사 등의 자료들을 긁어모아서 모두 읽었다.

그러니 얼핏 감이 잡혔다.

유니크의 법칙을.

에픽 이하 등급의 노래처럼 단지 인기가 많으면 되는 것이 아니었다.

사람들의 감정을 최대한 녹여내야 했다.

'사라 테일러의 Pride처럼.'

그 감정이 크면 클수록 영향력은 더 크다.

"언제부터 만든 겁니까?"

"보좌관님이 저를 찾아온 바로 그날부터죠."

"설마 다른 후보의 노래로 쓰려던 건……."

"아닙니다."

현일이 단호하게 현진섭의 말을 잘랐다.

"큼, 실례했습니다."

"죄송할 것 없습니다. 그 노래를 잘 써주시기만 하면 됩니다."

그가 세차게 고개를 끄덕였다.

"알겠습니다."

"그리고 가사는 필요 없습니다."

"예?"

"음악을 틀어놓고 박주완 후보에게 하고 싶은 말을 하면 된다고 전하세요. 그러면 됩니다."

현진섭은 자신의 귀를 의심했다.

"로고송은 후보의 공약을 쉽게 전달하기 위한 수단입니다. 그런데 가사가 필요가 없다니요?"

"말씀 잘하셨습니다. 보좌관님이 말씀하신 그대로예요. 쉽게 전달만 된다면 어떤 형식이든 상관이 없죠."

"대체 무슨 소리인지 모르겠습니다."

"음악을 틀어놓고 말을 한다. 방금 말씀드리지 않았습니까?"

"그래도 모르겠는데요."

"그냥 들어보시면 압니다."


*              *              *


현진섭은 USB를 받아 들고 잽싸게 재생해 보았다.

그는 문득 현일이 마지막으로 한 말이 떠올랐다.

'혹시… 지금 로고송의 가사를 그대로 가져다 붙이면 된다는 뜻인가?'

그는 그렇게 생각했지만 그건 착각에 불과했다.

차원이 달랐다.

"흐……!"

자신도 모르게 새된 소리를 내뱉은 현진섭.

그는 이걸 최대한 빨리, 그리고 무조건 박주완 후보에게 전해 주기로 마음먹었다.

차 안에서 지금 있는 로고송의 가사와 함께 흥얼거리니 척척 맞아들어 갔다.

가사가 이 노래를 위해 있는 건지, 이 노래가 가사를 위해 있는 건지 모를 지경이다.

몇 번이나 반복했을까.

그는 차에서 내려 박주완 후보가 있는 곳으로 걸음을 재촉했다.

"이게 뭔가?"

자신과 대면하자마자 USB를 건네는 현진섭을 보며 박주완이 의아한 표정으로 물었다.

자초지종을 들으며 USB를 대충 주머니에 흘려 넣은 박주완이 재차 물었다.

"그래서 의뢰비로 얼마나 달라던가?"

그에 현진섭은 주저하며 대답했다.

"그, 그게 돈이 아니라 다른 걸 요구했습니다."

"무슨 요구인가? 대충 자 대보고 괜찮다 싶으면 적당히 들어 줘."

"작곡가들의 권익을 보호해 달랍니다."

현진섭은 가방에서 무언가를 꺼냈다.

"그건 또 뭔가?"

"박태식 작곡가와 조승열 작곡가의 저작권 분쟁에 대해 적혀 있는 서류입니다."

"그러니까 대음협에 압력을 넣어서 이런 부당 행위를 멈추게 해달라는 거군."

"네."

"큼! 우리가 무슨 검사, 변호사도 아니고 그런 요구를 어떻게 해?"

"일단 노래부터 들어보시죠, 대표 최고 위원님."

"나중에 들어보겠네."

"아니, 꼭 지금 들어보셔야 합니다!"

"나중에 듣겠다고 하지 않았나."

"예……"

현진섭은 입맛을 다셨다.

하는 수 없었다.

설령 박주완이 현일의 노래를 안 쓰겠다고 한다면 현진섭은 반박이야 하겠지만 어쨌든 결정하는 건 결국 박주완의 몫이었다.

현진섭은 걸어가는 박주완의 뒷모습을 보며 마음속으로 외쳤다.

'꼭 들어보셔야 합니다! 무조건이요!'

잠시 후, 연설 대담 차량에 올라탄 박주완이 입을 열었다.

"내 지지율을 끌어올릴 수 있는 무언가 획기적인 방법이 없겠나?"

"…죄송합니다."

박주완은 정무 담당 보좌관에게 방안을 물어보았으나, 잘못 없는 사과만이 돌아올 뿐이었다.

박 후보는 내색하고 있진 않았지만, 사실은 이 세상 그 누구보다도 초조해하고 있었다.

두 번 연속 S당 대통령 집권에 국회의원도 S당이 과반수를 차지하고 있었다.

'후, 역시 이 녀석은 정무 수석 비서관의 그릇이… 아니, 그전에 내가 대통령이 되는 게 먼저인데……'

아직 투표조차 실시되지 않았건만, 당선된 이후의 일을 걱정하고 있는 박주완이었다.

그는 기분 전환이 필요했다. 운전수를 봤다.

"자네, 좋은 노래 좀 틀어보게."

"예, 잠시만 기다려 주십시오."

이내 주머니에 손을 푹 찔러 넣은 박주완의 손에 무언가가 잡혔다.

'아, 그거로군.'

그는 문득 현진섭의 말이 떠올랐다.

'꼭 들어보셔야 합니다!'

당시 그의 눈빛에는 강렬한 열망이 담겨 있었다.

허겁지겁 달려와 풀어헤쳐진 양복과 숨이 차서 헉헉거리는 호흡까지.

박주완은 이게 대체 뭐길래 그리 호들갑인지 궁금했다.

별안간 운전수가 틀어준 노래가 차 안에 울렸다.

"대표 최고 위원님이 가장 좋아하시는 노래 맞죠?"

운전수는 그렇게 말하며 내심 흐뭇했다.

박주완의 차를 운전한 지 이제 10년의 경력이 다 되어간다.

그의 취향을 공략한 뒤 그의 눈에라도 들면 그가 대통령이 되었을 때 작은 콩고물이라도 떨어지지 않을까 하는 행복한 공상을 하고 있을 때, 운전수의 낯빛이 갑작스레 어두워졌다.

"아니, 그거 말고 이걸로 틀어주게."

"큼, 알겠습니다."

운전수는 일순간 자책감이 들었다.

박주완이 좋아하는 노래를 진즉에 파악해 차 안에 가져다 놨어야 하는데 그러지 못했다.

그러나 그것도 잠시,

곧 USB에 담긴 노래가 흘러나오자 그런 쓸데없는 생각은 씻은 듯이 사라졌다.

차 안에 있는 모두가 다.

숨죽이고 노래를 듣고 있던 박주완이 마침내 입을 열었다.

"…다시 듣지."

물론 말하지 않아도 운전수의 손은 이미 반복 재생 버튼을 누르고 있었다.

박주완은 당장 현진섭에게 전화를 걸었다.

―예, 대표 최고 위원님.

"이보게, 그 음악 말인데, 가사가 뭔가? 당장 나한테 보내게!"

―그게… 작곡가분께서 말입니다…….

전화 너머로 그가 말하길 꺼린다는 것이 느껴졌다.

그럴수록 더 다급해지는 것은 오히려 박주완이었다.

그는 그 작곡가가 뭔가를 요구한다면 이 세상을 다 달래도 발벗고 도와줄 각오가 되어 있었다.

"그가 뭐라고 했는가? 빨리 말해보게!"

대통령 후보가 점잖지 못하게 군다고 생각할 사람은 차 안에 아무도 없었다.

그들도 같은 마음이었으니까.

이제 연설 대담 현장에 거의 다 와가기에 그전에 가사를 받아야만 했다.

―가사는 필요 없답니다.

"…뭐라고?"

현진섭은 현일에게 들은 얘기를 그대로 전달해 주었다.

"알겠네."

그로서는 이 노래를 준 그 천재 작곡가의 말을 믿는 수밖에 없었다.

*          *          *

문기희 후보의 연설 대담 현장.

"국민의, 국민에 의한, 국민을 위한 정책을 만들겠습니다, 여러분~!"

현재 문기희 후보는 차량 위에서 열심히 선거 유세를 하고 있었다.

그런 문 후보의 얼굴에는 함박웃음이 지어져 있었다.

그도 그럴 것이, 여론조사에서 자신의 지지율이 앞서고 있었기 때문이다.

덜도 말고 더도 말고 이대로만 시간이 흐르면 자신이 당선될 것이 자명했다.

"와아아아아~!"

문기희 후보가 공약을 하나씩 읊을 때마다 사람들이 함성을 질러댔다.

그러던 중에 갑자기 하나둘씩 수가 줄어들기 시작했다.

처음엔 별것 아니었으나 그 수가 계속해서 불어나는 것이 아닌가.

원인은 바로 반대편의 박주완 후보 때문이었다.

"국민 여러분! 제가 대통령이 된다면……!"
그가 연설을 잘해서도 아니고 공약이 흥미로워서도 아니었다.
그저 노래, 그것 하나 때문이었다.
그냥 틀고 있으면 사람들이 귀신에 홀린 듯 이끌려 찾아왔다.

[유니크 등급의 음악을 감상합니다.]
[이 음악에 녹아 있는 감정은 '믿음'입니다.]
[이 음악을 듣는 사람들은 화자의 말을 쉽게 믿습니다.]
[선거를 목적으로 만들어진 음악입니다.]
[전국적으로 투표율이 최대 15% 상승할 것입니다.]
[박주완 후보의 지지율이 최대 20% 상승할 것입니다.]

현일은 나타나는 메시지들에 감탄을 금치 못했다.
생애 첫 유니크를 만든 기분은 가히 경이로웠다.
'기가 막히네. 화자의 말을 쉽게 믿는다니……'
만약 현일이 사기꾼이었다면 엄청난 위력을 발휘했을 터이다.
이런 능력을 가지고도 고작 사기꾼이나 하는 게 이상하지만.
아무튼 그 효과는 실로 대단했다.
최대 20%의 절반이라 해도 10%.
물론 그만큼이나 오를 거라는 보장은 없지만 20%의 반의반
만 올라도 박주완 후보의 승리는 따놓은 당상이었다.

\*             \*             \*

[박주완 후보, 문기희 후보의 지지율을 단숨에 역전! 그 비밀은… 로고송!]

—지난 10월, 문기희 후보와 박주완 후보의 지지율은 각각 46.4%, 44.6%로 문 후보가 앞서고 있었다. 그러나 이 달 다시금 실시된 여론조사에서는 박 후보가 문 후보를 꺾고 52%로 역전하는 쾌거를 이루어냈다.

과연 이 역전극의 비밀은 무엇일까.

"로고송이 너무 마음에 들었어요. 원래 선거 유세가 되게 시끄럽고 그랬는데, 박 후보의 로고송은 뭐랄까, 듣고 있으면 마음이 편안해진다고 해야 되나? 안심된다고 해야 하나?"

"음, 박 후보의 연설을 들을 때 왠지 믿음이 갔어요. 공약도 그렇게 거추장스럽지 않고, 현실적인 부분만 딱딱 짚어서 내놓는 게 마음에 들었다고 할까요?"

"글쎄요……. 그냥 박 후보가 마음에 듭니다."

시민들은 이와 같은 반응을 보였다.

한편, 본 언론사에서 분석한 바에 따르면…….


국회의사당 D당 회의실.

"하, 하하하하하!"

"축하드립니다, 대표 최고 위원님!"

상석의 박 후보를 향해 국회의원들이 연신 축하 박수를 보내고 있다.

아직 투표도 안 했건만 그들은 확신하고 있었다.

박주완의 당선을.

"지금도 계속해서 지지율이 올라가고 있습니다."

"압니다, 알아. 하하하하!"

"아까 문기희 후보의 똥 씹은 표정을 대표 최고 위원님도 보셨어야 하는데 말입니다."

"그거 신문 1면에 실릴 겁니다. 아까 기자가 찍었거든요. 하하하!"

그렇게 자축 파티를 즐긴 후 박주완은 따로 현진섭을 불러냈다.

"현 보좌관."

"예!"

"GCM 작곡가라고 했던가?"

"예."

"잠시 만나고 싶네."

"바로 연락할까요?"

"그렇게 해주게."


＊　　　　＊　　　　＊


MBC 방송국.

윤석진은 현일의 연락을 받자마자 부리나케 뛰어와 대화를 나눴다.

"허, 정말 말이 안 나오는군요."

"정말 진땀 뺐습니다. 저 스스로도 안 믿겨지네요."

"사실 저도 그렇습니다. 어떻게 음악으로 대통령 후보의 지지율을 높일 수 있는 건지……. 하지만 믿게 만들어 드리겠습니다. 그게 제 일이니까요."

"부탁드리겠습니다."

"아 참, 외국에서도 기사를 준비하고 있는 거 아십니까?"

현일은 흥미가 일었다.

"자세히 말씀해 주세요."

"여러 나라의 많은 언론사에서 당신의 이야기를 쓰고 싶어합니다. 벌써 로고송의 명성이 온 나라에 쫙 퍼졌어요. 노래 하나로 대통령을 바꾼 사람이라고."

"그냥 운이 좋았을 뿐인데……."

실제로 운이 좋긴 했다.

로고송 아닌 로고송이 박주완의 연설과 묘하게 음정, 박자가 맞아들어 갔는데 그게 인터넷에서 엄청난 파장을 불러일으켰다.

TV, 라디오, 인터넷 신문, 종이 신문에서 너도 나도 노래에 대해 보도하기 시작했다.

시사, 토론, 예능 할 것 없이 박주완의 로고송에 대한 주제로 이야기를 했다.

"덕분에 우리도 숨이 트였습니다. 내심 문기희 후보가 당선되면 어쩌나 걱정하고 있던 찰나에 작곡가님이 아주 큰일을 해주셨습니다."

현일은 고개를 끄덕였다.

정권이 새로 바뀌면 항상 방송국을 잡으려 든다.

그 과정에서 임원들이 물갈이되기도 하고 말이다.

그러나 애초부터 MBC는 친 박주완 방송국이었기 때문에 그럴 위험에서 벗어날 수 있었다.

윤석진이 말을 이었다.

"하여튼 해외 언론사에서 당신을 취재하러 올 테니 좀 귀찮아질 겁니다."

"좋네요. 어쩌면 일본 말고 다른 나라에도 진출할 수 있겠어요."

"그럴 수도 있고요."

현일의 전화가 울린다.

이지영이다.

"전화 좀 받을게요."

"예."

—오빠는 음악으로 세뇌라도 하시는 거예요?

그녀는 현일의 로고송 이후로 급격히 오른 지지율을 보고 혀를 내둘렀다.

"갑자기 그게 무슨 소리야?"

—신문 기사만 봐도 그렇잖아요. 박 후보의 말에 왠지 모를 믿음이 느껴진다니……

"글쎄다. 근데 난 애초에 선거 음악 자체가 일종의 세뇌를 위해 만들어진 거라고 생각하는데."

그녀가 멍한 표정을 지었다.

—현일 오빠는 정말 이해하기 어려운 사람이에요. 어쨌든 지금 바로 회사로 돌아오시는 게 좋을 거예요.

"누가 왔어?"

—네, 차기 대통령 각하께서 부르시네요.

그 즉시 현일은 윤석진과 헤어지고 회사로 달려갔다.

그러자 사내에서 박주완이 홍차를 음미하고 있다.

이내 현일을 발견한 그가 반색했다.

"오, 어서 오시죠. 실제로 뵙는 건 처음이군요."

뭔가 주객이 전도된 듯하지만 현일은 신경 쓰지 않았다.

"반갑습니다. 작곡가 최현일이라고 합니다."

"그럼 앉아서 차분히 대화를 나눠봅시다. 저번에 작곡가님이 하신 요구에 대해서 듣고 싶습니다."

그도 지지율 상승의 원인이 현일의 로고송 덕분이라고 확실히 자각하고 있는 모양이다.

물론 그 노래 이후로 지지율이 급상승한 건 부정할 수 없는 사실이며, 언론에서 그에 대한 기사를 내기 바쁜데 그걸 모르면 바보일 것이다.

"일단 작곡가의 정산 비율입니다. 현재 작곡가가 곡을 만들면 기획사와 유통 플랫폼에서 거의 90% 이상의 수입을 가져가 버립니다."

"너무 적군요."

"최소 20%는 보장해 줘야 한다고 생각합니다."

당초 현일의 생각은 15%였으나 좀 더 찔러보기로 했다.

20%를 요구해야 15%라도 될 수 있지 않겠는가.

"흠, 그럼 다음은?"

"음원 유통 플랫폼 수입의 투명화입니다. 작곡가들이 자신의 노래가 얼마나 팔렸는지를 요구하면 그 회사는 마땅히 판매량과 수입을 그 작곡가에게 알려줘야 해요. 실제로 저작권자의 정산금을 속이고 횡령하는 일이 알게 모르게 일어나고 있습니다."

"대책을 마련해 보겠습니다."

"우선적으로 박태식 작곡가의 문제를 해결해 주었으면 합니다."

"알겠습니다."

*     *     *

박주완과의 만남 이후, 박태식 작곡가의 문제는 일사천리로 해결되었다.

현일과 만나고 며칠 후에 박주완은 대음협을 방문했다.

무슨 일이 있었는지는 몰라도 그 이후에는 아무것도 묻지도 따지지도 않고 대음협은 박태식에게 돈을 입금해 주었다.

그 금액은 무려 수십억에 달했다.

물론 그것만으로 끝나지는 않는다.

박주완의 대통령 임기가 시작되면 대음협은 국세청의 세무조사를 감당해야 할 것이다.

대음협의 협회장은 바뀔 것이고.

무엇보다도 중요한 건 현일이 플랫폼을 만들거나 회사를 키울 때 다른 기획사의 압력에 굴하지 않을 수 있다는 점이다.

"이제야 제 본업에 전념할 수 있겠네요. 진심으로 감사드립니다."

하루하루 먹고살기 위해 투쟁을 하던 박태식은 이제 BMW를 타고 다닌다.

"별말씀을요."

"대음협에서 무슨 일이 있었는지 그 이름도 기억하기 귀찮은 홍보 마케팅 전략팀 팀장 나리께서 친히 제 집까지 찾아와 석고 대죄를 했습니다. GCM 님도 그 모습을 보셔야 했는데 말이죠. 흐하하하하!"

현재 대음협의 일은 조용히 진행되고 있었다.

지은 죄가 많은지 건너 들은 정보에 의하면 그들의 행보가 하나둘씩 드러나고 있는 상태였다.

나중에 박주완이 대통령이 되면 그 행보는 한꺼번에 터질 예정이다.

현일은 작곡가로서의 권익을 보호하기 위함이었지만, 박주완은 자신의 측근 검사들에게 '공적'을 몰아주기 위한 물밑 작업을 벌이고 있는 것이다.

그도 그럴 것이, 액수만 수십억 원짜리 대형 사건이다. 좀 더 조사해 보면 끝에 0이 하나 더 붙을지도 모른다.

'나도 독일 차를 탈까?'

아무튼 그와 인사하고 작업실로 돌아오던 길에 현일은 이지영과 마주쳤다.

족히 kg 단위로 세야 할 것 같은 서류 한 무더기와 함께.

현일이 질린 표정을 지었다.

"마침 잘 만났네요. 이거 검토하세요. 현일 오빠한테 들어온 의뢰예요."

"너무 많은 거 아냐? 우리 회사 가수들 노래 만들어주는 것도 힘들어 죽겠는데."

"다 오빠가 자초하신 거예요. 박주완 후보 로고송 이후로 의뢰가 폭발적으로 늘어났어요. 오빠 덕분에 우리도 엄청 힘들다구요."

"음, 바다 건너 날아온 의뢰도 있네."

"대체적으로 중국이나 일본 등 아시아권 국가들이에요."

중국은 젓가락을 팔아도 10억 개를 파는 나라이다.

분명 대박을 치면 엄청난 돈을 벌어들일 것이 분명하지만, 지금 현일의 목적은 돈보단 자신의 흥미였다.

물론 기업의 목적은 이익을 추구하는 것이지만, 이미 GCM 엔터테인먼트는 올해 들어서 가장 매출을 많이 올린 회사가 되었다.

때문에 한준석도 현일의 행보에 대해서 간섭하지 않았다.

계속해서 서류를 넘겨보던 현일의 눈이 별안간 반짝였다.

"이건 뭐야?"

"프로야구 구단이네요. 한화 이글스."

"큭큭… 이 팀, 3년 연속… 아니, 이번 시즌 꼴등이지?"

"네."

서류를 살펴보던 현일은 흥미가 돋았다.

한화 이글스는 2012년부터 2014년까지 3년 연속 꼴등의 쾌거를 이룬 비운의 팀이다.

한화에는 류현진이라는 불세출의 투수가 있었음에도 불구하고 팀이 발목을 잡았다.

그리고 그는 2013년에는 실력을 인정받아 포스팅(비공개 입찰제, 어떤 선수에 대해 가장 높은 이적료를 입찰한 팀이 원 소속 구단으로부터 해당 선수의 이적이 승인되는 제도)을 통해 결국 메이저리그로 간다.

현일은 그가 더 이상 한화에 없게 된 것이 3년 연속 꼴등의 원인일지도 모르겠다는 생각이 들었다.

'누가 뭐라고 해도 야구의 주인공은 투수지.'

현일은 문득 모 야구 소설에 나온 주인공의 대사를 마음속으로 읊조렸다.

물론 주인공은 투수였다.

"여기서… 구단 응원가를 만들어 달라고?"

"그런 모양이네요. 하실 거예요?"

이지영은 그렇게 물었지만 이미 알고 있었다.

이 의뢰를 현일이 받아들인다는 것을.

현일이 고개를 끄덕였다.

"응. 이제 질량가속은 사람들이 질릴 때도 됐지."

"어련하시겠어요."

"지금 바로 이 사람이랑 연결해 줘."

"네."

몇 번의 신호음이 울리고 이내 상대가 응답했다.

―여보세요?

"GCM 작곡가입니다. 의뢰서 보고 연락드렸습니다."

―아, 예! 안녕하십니까. 한화 이글스 홍보부장 김승언이라고 합니다. 반갑습니다. 어디십니까? 제가 그쪽으로 가겠습니다.

자신을 소개하자마자 다짜고짜 찾아오겠다는 김승언이다.

한화 이글스의 홈구장은 대전광역시에 있는데 현일의 연락을 기다리고 있던 모양이다.

"아닙니다. 제가 직접 가겠습니다."

─아뇨. 그러지 않으셔도 괜찮아요.

"사실 제가 홈구장을 구경해 보고 싶어서요. 안 될까요?"

─아, 그런 거라면 문제없죠.

"그럼 오늘 시간 되세요? 바로 갈까 해서요."

─예. 비행기 타고 오십니까?

"네."

─그럼 공항에서 기다리고 있겠습니다.

"나중에 뵙죠."

통화가 끝난 현일이 이지영에게 말했다.

"비행기."

"예약해 달라고요? 알았어요."

"땡큐."

현일은 가벼운 마음으로 회사를 나섰지만, 이내 얼굴을 찌푸렸다.

차를 타고 얼마 가지도 않았는데 비가 엄청나게 내리기 시작한 것이나.

'소나기인가? 내가 과거로 돌아온 지 얼마 안 됐을 때의 그날 같은데.'

잠시 감상에 젖은 현일은 별수 없이 회사로 돌아가야 했다.

김승언 부장과의 약속을 미루는 것도 잊지 않았다.

예약한 비행기는 취소될 것이 분명했고, 차를 타고 대전까지 가기엔 시간이 너무 많이 걸린다.

"어, 안녕하세요."

현일은 회사로 들어오는 중에 맥시드와 마주쳤다.

무대 의상을 입고 있는 걸 보니 공연을 하러 가는 모양이다.

"공연하러 가?"

"네."

"너희들도 참 고생이 많다. 이 비 오는 날에. 아, 실내니까 상관없으려나?"

"야외 공연이에요."

"그래? 괜찮겠어?"

"괜찮아요. 방금 들었는데 거기는 비 많이 안 온대요."

"다행이네."

우르릉! 콰아앙!

"끼야아아아악!"

"……."

그녀들이 갑작스러운 천둥소리에 비명을 지르며 서로를 부둥켜안았다.

현일이 피식 웃으며 말했다.

"너희들, 방금 좀비 같았어. 진짜로."

비명에 화들짝 놀란 얼굴까지.

그녀들은 울상이 되었다.

"히잉……."

"너희들, 번개 싫어하는구나?"

"그냥 싫어하는 정도가 아니에요! 너무 싫어요!"

"그나저나 오늘 소나기가 내린다고 했나?"

흘깃 창문 밖을 바라보니 엄청난 양의 비가 쏟아지고 있었다.

"일기예보에선 이 정도까진 아니었단 말이에요."

"흠……."

토라진 표정을 짓는 민유림을 바라보다가 문득 무언가가 떠올랐다.

"오늘이 11월 며칠이지?"

"17일이요. 왜요?"

"아냐."

"그럼 우리는 가볼게요, 작곡가님."

"그래."

2012년 11월 17일의 야외 공연.

현일의 기억에 이날은 왠지 익숙함이 들었다.

'끄응, 분명히 이날에 큰 사건이 터진 것 같은데…….'

그리고 마침내 기억해 냈다.

'아! 그거다!'

*           *           *

"응? 작곡가님이네?"

민유림의 말에 막 차에 올라타려던 맥시드가 일제히 고개를 돌렸다.

"음~ 김채린이 보고 싶어져서 오시는 건가?"

"하아, 그랬으면 좋겠다."

"……."

이제 김채린은 김수영의 짓궂은 농담에도 무덤덤하게 받아넘길 정도가 되었다.

우산도 안 쓴 채 쏟아지는 비를 그대로 맞으며 허겁지겁 달려
온 현일이 입을 열었다.

"오늘 공연 혹시 SOS '인기 있는 가요'야?"

"네. 일요일이잖아요."

"생방송이지?"

"네."

"인천에서 주최하는 그거?"

"네."

"너희들, 오늘 뭐 신었어?"

그러자 민유림이 발을 쭉 뻗어 보이며 대답했다.

"구두요. 무슨 일 있어요?"

평소 맥시드의 스케줄에 그다지 관심 없던 현일이 이렇게 캐
물으니 의아한 맥시드이다.

"오늘 축구화 신고 가."

"네?!"

# Chapter 3
뭐든지 한다

맥시드는 자신들의 귀를 의심했다.

"그게 무슨 소리예요?"

춤을 추는데 축구화를 신으라니?

이 무슨 팥으로 메주를 쑤라는 말인가.

현일은 그때, 그러니까 오늘 일어날 일을 기억하고 있었다.

당시 인천에서 열리는 공연의 무대는 가수들 사이에서도 바닥이 미끄럽기로 악명(?)이 높았다.

한데 엎친 데 덮친 격으로 비까지 내려 무대에 올라온 댄스 가수들이 모두 최소 한 번씩은 미끄러지는 방송 사고가 일어났다.

'단 한 명도 예외가 없었지.'

후에 그 일은 가요계 방송 사고 레전드가 되어 두고두고 회자

되었다.

그런 낯간지러운 레전드에 맥시드를 올려놓을 생각은 추호도 없었다.

"오늘 무대가 많이 미끄러울 거야. 그냥 내 말대로 해. 생방송에서 넘어지기 싫으면."

"괜찮아요. 안 넘어져요."

"신고 가."

몇 분간의 공방 끝에 결국 현일에게서 돈을 받은 맥시드는 신발 매장에서 축구화를 사게 되었다.

얼마간 차를 타고 인천에 도착한 맥시드.

"……."

축구화를 신고 대기실에 들어서자, 미리 도착해 있던 코디가 벙찐 표정으로 맥시드를 봤다.

"뭐예요, 그건?"

"축구화요."

"오늘 지정된 의상이 그거예요?"

민유림이 고개를 저었다.

"아뇨. 원래 구두였는데 작곡가님께서 굳이 축구화를 신으라고 하시네요."

"괜찮겠어요?"

"…글쎄요."

맥시드는 내심 걱정이 되었다.

아이돌 가수들은 모두 한창 꾸미고 싶어할 나이 대이다.

그런 가수들이 서로의 의상을 머리부터 발끝까지 스캔하는데 걸리는 시간은 단 0.1초.

다른 가수들이 계속해서 신발을 흘깃거리는 시선을 모를 리가 없는 그녀들이다.

안 그래도 민망하던 참이다.

그런데 아니나 다를까, 이내 하나둘씩 친분 있는 가수들이 다가와 비아냥거리기 시작했다.

"어머, 수영 씨, 그 신발은 뭔가요? 예쁘네요. 호호호호!"

블루샤벳의 셰리, 김수영과 사이가 그리 좋지는 않은 인물 중 하나이다.

"뭐긴요~ 맥시드의 새로운 의상이죠."

"호호호! 참신한 의상이네요. 나는 또 가수로 먹고살기 힘드니까 축구 선수라도 되려나 보다 생각했네요."

"그런가요? 그렇다고 너무 가까이 다가오진 마세요. 얼굴에 스파이크 자국이 남을지도 모르니까요."

"흐… 호호호호, 정말 재밌으신 분이네요, 수영 씨는."

둘의 눈에서 치직 하고 스파크가 튀는 듯했다.

김수영은 이왕 축구화를 신은 김에 차라리 다른 가수들이 전부 무대에서 미끄러져 넘어졌으면 좋겠다고 생각했다.

하늘이 그녀의 소망을 들어준 것인지 비가 점점 더 거세지기 시작했다.

천둥 번개까진 아니지만 그래도 무대가 충분히 미끄러울 정도는 되었다.

관중들은 가수들을 눈앞에서 볼 수 있다는 사실에 별로 개의치 않아했다.

"비 좀 맞으면 어때."

물론 가수들도 그건 마찬가지였지만 이내 생각이 달라졌다.

첫 번째 순서로 무대에 오른 블루샤벳.

셰리는 눈동자에 정확히 직격한 빗방울에 눈살을 찌푸렸다.

'아, 썅……'

노래가 시작된 지 정확히 8초 후였다.

"꺄아악!"

쿵!

그녀는 창피했지만,

"으악!"

"꺄악!"

"크헉!"

"우왁!"

'휴우……'

다른 출연진도 모두 넘어지는 탓에 안심했다.

물론 그 와중에도 맥시드가 넘어지는 일은 없었다.

김수영은 흐뭇했다.

"축구화 신고 오길 잘했네."

다음 날, 연예계 기사 1면의 제목은 [생방송 '인기 있는 가요' 출연진, 연이어 꽈당!], [맥시드의 축구화 투혼, 그녀들의 선견지명에 감탄]이었다.

*     *     *

"윽!"

반창고가 한 손에 두 개씩 붙어 있는 김채린이 도시락을 들고 현일의 작업실로 가던 도중 자신과 같은 목적지로 향하는 한지윤을 발견했을 때의 반응이다.

'어쩐지 둘이서 그렇게 붙어먹더라니……'

물론 그 둘 사이에 모종의 관계가 그리 깊지는 않을 거라 굳게 믿고 있는 그녀였지만, 마음 한편에서 싹 트는 불안감은 뽑아 낼 수가 없었다.

생각해 보면 한지윤이 팬들의 불만에도 불구하고 단발을 고수하는 이유는 오직 현일의 취향이기 때문임이 자명했다.

또한 한지윤은 조신하고, 상냥하고, 예쁘고, 순종적이고, 몸매도 우월하고, 하여튼 남자가 원하는 이상형을 다 가지고 있었다.

무엇보다 요리도 김채린보다 잘했다.

"하아!"

그녀는 한숨을 내쉬며 자신이 만든 도시락의 뚜껑을 열어보았다.

예쁜 하트 모양으로 놓여 있는 흰 쌀밥.

그리고 그 위에 다소곳이 놓여 있어야 할 검은 깨는 위아래로 흐트러져 마치 하트가 깨진 것처럼 보이게 만들었다.

'나의 열정을 알아줬으면 좋으련만……'

그런데 다시 밖으로 나온 한지윤의 기쁜 표정이 그녀가 한껏 칭찬을 받았음을 알게 해주었다.

김채린은 한지윤이라는 거대한 벽을 감히 뛰어넘을 수 있을까 하는 의문조차 들지 않았다.

그렇게 주저앉아서 자신의 신세를 한탄하기를 몇 분, 그녀는 곧 좋은 생각이 떠올랐다.

스마트폰을 꺼내 들고 현일에게 메시지를 보냈다.

─작곡가님!

식사를 시작한 것인지 답변을 받기 위해 기다리며 몇 분이 흘렀다.

얼마 후, 스마트폰이 진동하자 그녀의 얼굴엔 자연스레 함박웃음이 떠올랐다.

─응?

─식사하셨어요? ㅎㅎㅎㅎ

─응.

─맛있었어요?

─응.

─무슨 메뉴였어요?

─불고기.

김채린은 그 순간 움직이던 손가락이 멈추어 버렸다.

'이러면 대화가 안 이어지잖아.'

오늘도 도시락 전달은 실패였다.

\*            \*            \*

대전 한화 이글스 홈구장.

"여깁니다."

현일은 안내를 해주는 김승언을 보며 말했다.

"원래 선수들은 홈구장에서 훈련합니까?"

"그럴 때도 있고 아닐 때도 있죠. 원래 선수들이 훈련을 받는 모습은 일반인에겐 공개되지 않는데 이번만 특별히 허가받은 겁니다."

"감사합니다."

현일은 '굳이 그러지 않으셔도 되는데' 따위의 말은 하지 않았다.

그저 최고로 좋은 퀄리티의 응원가를 만들어주는 것이 현일이 할 수 있는 최대의 보답이다.

"류현진 선수도 있습니까?"

"아니요. 그 선수는 이번 달 초에 미국으로 떠났습니다."

"그렇군요."

현일은 입맛을 다셨다.

'아쉽네.'

김승언은 '그래도 우리 선수들은 아직 창창한…' 등등의 말을 쏟아냈다.

현일은 대충 맞장구만 쳐주면서 눈동자를 열심히 굴려댔다.

그렇게 구장을 둘러보고 있는 와중에 별안간 현일의 눈에 흥미로운 장면이 포착되었다.

'오!'

현일의 눈이 휘둥그레지는 것을 본 김승언이 의아한 표정으로 물었다.

"왜 그러시죠?"

"아무것도 아닙니다. 그냥 선수들이 볼을 잘 던져서요."

그러자 또다시 김승언의 칭찬 일색이 시작되었다.

그러거나 말거나 현일은 나타나는 그래프에만 집중했다.

훈련장 한편에서 투수와 타자가 연습 게임을 펼치고 있었다.

투수가 팔을 휘둘렀다.

"저건 맞는다."

현일이 중얼거렸다.

이내 깡 소리를 내며 시원하게 날아간 공이 관중석 너머로 쭉쭉 뻗어 나갔다.

홈런이다.

이번엔 김승언의 눈이 휘둥그레졌다.

"어떻게 아셨습니까?"

"그냥 그럴 것 같았어요. 운이 좋았네요."

당연히 운 따위가 아니었다.

그래프의 색깔.

그것이 붉으면 타자가 치기 좋은 공, 푸르면 치기 어려운 공이라는 것을 깨닫는 건 그리 어렵지 않았다.

'내가 야구 선수를 했어도 성공했겠네.'

현일은 한화 이글스의 타자 류준열에게 외쳤다.

"치세요!"

이번 공은 쳐야 되나 말아야 되나 고민하던 찰나에 류준열은 갑자기 들려온 목소리에 무의식적으로 배트를 휘둘렀다.

그러자 다시 한 번 경쾌한 소리를 내며 시원하게 공이 날아갔다.

다음 투는 붉은 그래프를 그리며 날아오는 공.

다시 현일이 외쳤다.

"스탑!"

류준열은 순간 멈칫했다.

'내가 왜 저 사람 말을 듣고 있는 거지?'

하지만 악으로, 깡으로 배트를 휘둘렀다.

그러나 결과는 스트라이크.

그가 배트를 휘두르지 않았다면 볼이 될 공이었다.

현일은 계속해서 옆에서 훈수를 두었다.

타자뿐만 아니라 투수에게도.

그리고 현일의 말은 한 번도 빗나가지 않았다.

"대체 어떻게 한 겁니까? 야구 많이 해보셨나요?"

"아뇨. 야구는… 구장에 온 것도 사실 처음입니다."

"그렇… 습니까?"

"네. 그것보다 제가 직접 쳐봐도 됩니까?"

"…예?"

"작곡하는 데 필요한 일이라서요."

"야구가요?"

"작곡해 보셨어요?"

"아뇨."

"전 해봤습니다. 꼭 필요한 일이에요."

"……."

현일의 말이 무슨 뜻인지 모를 리가 없는 김승언은 결국 감독과 몇 마디 얘기를 주고받았다.

"잠시라면 괜찮다고 하네요."

"감사합니다."

곧 배트를 손에 쥐고 양진혁 투수와 일 대 일로 대면하게 된 현일.

그리고 수많은 눈이 그 둘의 모습을 지켜보았다.

배트를 잡아보는 것도 생전 처음인 현일에게서 그들은 왠지 모를 기대감이 느껴졌다.

그도 그럴 것이, 내뱉는 족족 맞아들어 가는 훈수 때문에 혹시 현일이 야구계의 숨겨진 천재는 아닐까 하는 생각이 드는 것도 당연했다.

물론 이미 야구를 시작하기엔 늦은(?) 몸이기에 그저 잠깐의 쇼일 뿐이지만 말이다.

양진혁은 어떤 공을 던질지 현일에게 미리 말해주었다.

"자, 그럼 갑니다!"

현일은 두 눈을 부릅뜨고 상대의 투구 폼을 봤다.

그러자 엄청난 긴장감이 양진혁을 엄습했다.

'뭐지?!'

정확히는 공이 허공을 가르며 내뿜는 미약한 소리의 파장을 보는 거였지만, 양진혁은 그런 현일의 눈빛이 웬만한 메이저리그의 4번 타자 못지않게 느껴졌다.

그리고 던지는 130km/h의 강속구(야구 입문자에게 이 정도면 충분히 강속구였다).

'붉은색!'

현일은 혼신의 힘을 다해 배트를 휘둘러 공을 정확하게 강타했다.

"헉!"

양진혁이 헛바람을 들이켰다.

"좌, 좌전 안타……."

아슬아슬하게 파울 라인 안쪽 땅을 때리는 공이었다.

양진혁은 믿을 수 없었다.

아무리 봐줬다고는 하지만 야구의 야도 모르는 사람이 명백히 프로 1군 선수인 자신의 공을 저리도 깔끔하게 쳐내는가.

김승언 또한 벙찐 표정으로 현일을 보았다.

'좀 더 일찍 알았다면…….'

야구 선수로서의 재능을 십분 뽐내고 있었다.

양진혁은 이제부터는 봐주지 않으리라 다짐하고 다시 폼을 잡았다.

그리고 공을 던졌다.

열 번의 투구 결과 여덟 번의 스트라이크.

현일에게 그래프를 보는 능력은 있었지만 야구를 하는 몸은 없었기에 어찌 보면 당연한 결과였다.

하지만 현일의 입가엔 미소가 지어졌다.

'음, 배트를 휘두를 때의 자세와 감각은 대충 알았다. 이걸 어떻게든 음악에 녹여내기만 하면 돼.'

그렇게 여러 가지 의미로 색다른 경험을 한 현일은 공을 몇 번 더 던진 후 구장을 나섰다.

'그래도 두 번은 쳤다.'

그러나 현일은 망각하고 있었다.

프로 투수의 공을 열 번 중에 두 번이나 쳐낸 것도 매우 대단

한 성과라는 사실을.

김승언이 아쉽다는 듯 현일에게 농담조로 말했다.

"제가 작곡가님을 한 오 년만 일찍 알았어도 얼른 야구 선수로 데려가고 싶었을 겁니다. 하하하!"

그에게 현일은 빙긋 미소 지으며 대답했다.

"전 오 년, 아니, 십 년 전에도 작곡가였어요. 그리고 다음 생에도 작곡가가 돼 있을 겁니다."

김승언은 고개를 끄덕였다.

＊　　　　＊　　　　＊

SH 엔터테인먼트 이성호의 집무실.

"흐음……."

이성호는 턱을 괴고 고민에 빠졌다.

'GCM 엔터테인먼트를 견제해야 된다.'

아직 신생 기획사 이미지를 못 벗어난 회사인 주제에 메이저 기획사로 단숨에 올라서고 있었다.

이번 해엔 SH의 매출조차 넘어버렸고, GCM의 주가는 날마다 상승하고 있었다.

언젠가는 SH를 위협할지도 모르는 일이다.

심지어 유은영의 표절 사건 때는 '살다 보면 그런 일이 있을 수도 있지' 하며 넘어갔지만, 자신이 버린 팀 3D가 GCM에 있다는 걸 모를 리가 없는 이성호이다.

'그리고 맥시드까지…….'

물론 맥시드가 GCM에 철석같이 달라붙어 버린 건 SH의 잘못도 있었다.

그러나 심기가 거슬리는 건 마찬가지였다.

어느 누가 자신 회사에 있던 사람이 다른 회사로 도망가서 승승장구하는데 마음이 편하겠는가.

물론 있기야 있겠지만 적어도 이성호는 아니었다.

'내가 너무 안이했다.'

그래도 이성호는 자신의 실수를 인정할 줄 알았다.

잠시 눈을 감고 있다가 뜬 그는 내선 전화로 비서를 호출했다.

5분 만에 달려온 비서가 문을 노크했다.

"접니다, 사장님."

"들어오게."

"무슨 일로 부르셨습니까?"

"GCM이 너무 커져서 큰일이야. 뭔가 대책이 필요한데……."

그에 비서는 곰곰이 생각하더니 이내 입을 열었다.

"저에게 좋은 방법이 있습니다."

그러자 이성호의 눈이 번쩍 뜨였다.

"뭔가?!"

"수박이나 버그 뮤직 같은 음원 유통 플랫폼에 GCM의 음악을 받지 말라고 압력을 넣으시면 됩니다."

이성호가 침음을 흘린다.

"으음, 그런다고 그들이 순순히 따르겠나?"

"그럼 우리 회사 가수들의 노래를 안 주겠다고 하면 됩니다. 다른 기획사에도 동참하라 하시고요."

"그러면 되겠군."

이성호는 사악한 미소를 지으며 전화를 들었다.

—예, 이 대표님.

"오늘 저녁 식사나 같이합시다, 주 대표님."

—죄송하지만 오늘은 선약이 잡혀 있어서…….

"그 선약, 다음으로 미루시는 게 어떻습니까?"

—…예?

"꼭 오늘 해야 할 이야기가 있어서 그렇습니다."

—…그럼 지금 전화로 하시면…….

"큼, 크흠!"

—…알겠습니다.

뚝.

'차 사장에게도 연락해야겠군.'


\*　　　　\*　　　　\*


현일은 구장에서 충분히 즐긴 후 김승언과 함께 식사를 했다.

은퇴한 선수, 현역 선수 할 것 없이 야구 선수들의 근황과 같은 여러 이야기가 오간 후 김승언이 본론을 꺼냈다.

"한화 이글스만 사용할 수 있는 노래를 원합니다. 그에 대한 보상은 충분히 드리겠습니다."

"어떤 식으로요?"

야구 구단은 거의 대기업이 운영하기 때문에 통이 크다.

그러나 한편으로는 대기업이라는 위치를 이용해서 중소기업에 갑질을 하기도 했다.

특히 하청 업체에게 갑질이 심했다.

겉으로는 협력이라고 하지만, 어떻게 보면 한화 이글스가 GCM 엔터테인먼트에 하청을 하는 것이라 볼 수도 있었다.

물론 현일에겐 문제가 되지 않았다.

응원가 의뢰가 한화 이글스에서만 온 것도 아니니 마음에 안 들면 언제든지 다른 팀과 작업할 수도 있었다.

"정산 비율을 육 대 사로 해드리겠습니다. 음원 판매 및 유통권은 GCM이 가져가시면 됩니다. 또한 우리가 일정 횟수 이상 노래를 사용하면 추가 인센티브도 드릴 겁니다."

"몇 번에 얼마요?"

"경기마다 열두 번, 즉 열세 번부터는 한 번당 오백씩입니다."

현일은 물을 한 모금 들이켰다.

보통 스포츠 구단이 노래를 사용할 땐 대음협에 사용료를 지불하고 아무 노래나 가져와서 사용한다.

그러나 지금은 독점 사용 계약이기에 현일과 계약 조건을 조율하는 것이다.

보통 인사 체계가 느리고 언제나 유리한 조건을 가져가는 대기업으로서는 상당히 좋은 제안이었다.

"독점 사용권은 몇 년 동안입니까?"

"오 년입니다."

"삼 년으로 합시다."

만약 곡이 정말 잘 뽑혔는데 삼 년 만에 계약이 끝나면 재계약을 할 때 GCM에 좀 더 유리한 조건을 제시해야 할 것이다.

'삼 년이라……'

또한 다른 구단에서도 사용하려 들 것이다.

그 때문에 김승언은 잠시 주저했다.

"음, 사 년으로 합시다."

"좀 긴 감이 있는데요."

"…삼 년 반으로 합시다. 더 이상 양보하면 제 입장이 곤란해집니다."

현일은 이쯤에서 양보하기로 했다.

'원래 오 년으로 생각했는데 잘됐군.'

"좋습니다. 후회 안 하실 겁니다."

김승언은 왠지 주객이 전도된 것 같다는 생각이 들었다.

찝찝함을 마음속에서 털어내며 물었다.

"작곡가님이 생각하는 스포츠 응원가는 어떤 것입니까?"

그의 질문에 현일은 진지하게 대답했다.

"발라드는 잔잔하고 일렉트로닉은 정신없죠. 시원한 락 스타일의 곡으로 가겠습니다."

"으음, 질량가속처럼요?"

"아무래도 그 노래를 벤치마킹하게 될 것 같습니다. 사실 질량가속은 박태식 작곡가가 아주 독한 마음을 먹고 만든 곡이에요. 풀 세션을 쓰는 것뿐만 아니라 각 파트마다 국내에서 내로라하는 세션 맨들을 기용했죠. 보컬도 훌륭하지만 무엇보다 연주가 대단한 곡입니다."

"그런 건 몰랐네요."

"그러니까 잘돼서 다행입니다. 구단 쪽에서는 대음협에 사용료를 준 게 맞죠?"

김승언은 주저 없이 고개를 끄덕였다.

"당연히 드렸습니다. 안 주면 큰일 나는데요."

김승언은 시계를 흘깃 보고는 말을 이었다.

"그보다 노래는 언제까지 받아볼 수 있겠습니까?"

"일주일 안에 될 겁니다."

"그렇게 빨리요?"

"천천히 드려도 되긴 하죠.

"아, 아닙니다. 그럼 기대하겠습니다."

"네."

다음 한화 이글스의 경기가 일주일 후에 열린다.

그렇기에 김승언은 최대한 빨리 받아보고 싶은 것이다.

그는 자리에서 일어나려다 문득 현일에게 말했다.

"다른 구단에 노래를 주지 않으시면 정산 비율을 올려 드릴 의향이 있습니다."

"하하하!"

현일은 그저 웃을 뿐이었다.

＊　　　　　＊　　　　　＊

어느 식당.

"GCM 엔터를 견제해야 됩니다."

이성호의 말에 각 대표들은 입으로 술잔을 가져가던 손을 멈추었다.

마치 그 타이밍에 멈추기로 약속이라도 한 듯이.

그중 한 명이 물었다.

"…진심입니까?"

"그럼 쓸데없이 괜한 소리를 하겠습니까?"

BVS 미디어의 박진수 대표가 가시 돋친 이성호의 말투에 눈살을 찌푸렸다.

다른 한 명이 이성호에게 물었다.

"큼, 무슨 얘기를 하고 싶은 겁니까?"

"간단합니다. 비즈니스 얘기를 하자는 거죠."

"그러니까 무슨 비즈니스요?"

"앞으로 GCM 엔터의 음원은 수박에 못 들어갈 겁니다."

"…예? 무슨 소린지……."

"말 그대룝니다."

"……."

"그걸 우리까지 불러놓고 얘기하는 이유가 뭡니까?"

이성호의 말에 그들은 불편한 기색을 숨기지 않았다.

그러자 이성호는 좌중을 둘러보며 대답했다.

"대표님들도 마찬가집니다. 만약 수박에서 GCM의 노래를 받는다면 대표님들은 수박에 노래를 주지 마십쇼."

"……!"

"크흠! 이 대표님, 지켜야 할 선이라는 게 있지 않습니까? 그건 좀 너무하다 싶습니다."

"그렇습니다. 이건 불법이에요. 우리한테 범죄를 조장하라는 얘깁니까?"

"범죄라니요?! 어디까지나 비즈니스입니다, 비즈니스! 우리의 파이를 지켜야 한다는 거죠!"

"아무리 비즈니스라도 그렇지, 이건 좀 아니죠. 예?"

그 외에도 여러 대표들이 반발했다.

그러나 그사이에서는 내심 찬성하는 듯 고개를 끄덕이는 사람도 없지 않았다.

쟁쟁한 경쟁자가 하나 없어지면 좋아할 사람이 많은 법이다.

물론 이성호는 상황이 이렇게 되리라는 것을 예상하고 있었다.

그럼에도 다른 기획사 대표들을 불러 모으고 그들에게 자신의 생각을 강요하는 이유가 있었다.

이성호에겐 비장의 한 수가 있었다.

그가 입을 열었다.

"제 제안에 동의하지 않을 만큼 대담한 대표님들도 있을 거라고 생각은 했습니다. 물론 소신대로 하셔도 좋습니다. 다만 이번 기회에 확실히 말씀드리는데, 반대하시는 분들은 음반을 팔고 싶지 않다는 뜻으로 받아들이겠습니다."

그가 엄포를 놓았다.

그러자 이곳엔 다시 한 번 정적이 내려앉았다.

이성호는 오히려 지금이 좋은 기회라는 생각이 들었다.

이참에 아예 다른 기획사들에게 SH와 그들 사이의 위치를 자각하게 해줄 작정이다.

"흥, 그러시든가요."

이성호가 자리를 박차고 일어나는 박진수에게 말했다.

"GCM이 레이지 레코드를 가지고 있다고 딱히 별생각 안 하는 모양인데, 그리 쉽지는 않을 겁니다, 박 사장님."

박진수는 그를 잠시 쳐다보고는 발걸음을 옮겼다.

"마음대로 하시지요, 이 사장님."

*      *      *

김승언과 인사를 하고 나서 현일은 곧장 작업실로 돌아와 곰곰이 생각에 잠겼다.

생각보다 배트라도 잡아본 것과 그렇지 않은 것의 차이는 컸다.

[에픽 등급의 음악을 작곡하였습니다.]

[홈구장에서 이 음악을 들으면 선수들의 기량이 15% 상승합니다.]

[타 구장에서 이 음악을 들으면 7.5% 상승합니다.]

[이 음악을 사용하는 구단의 인기가 10% 상승합니다.]

[특정 야구 구단 '한화 이글스'를 위해 만들어진 곡입니다.]

[위 효과는 '한화 이글스'에게만 적용됩니다.]

직접 겪어보고 선수들이 마운드에 올랐을 때 어떤 자세와 각오로 임하는지를 알게 되었다.

그것을 음악에 담아내면 비로소 위 메시지와 같은 곡이 나온다.

'이제 보컬만 넣으면 되는군.'

현일은 MMF와 만나서 악보를 그들에게 건네주었다.

남선호가 물었다.

"가사는 생각해 놓으신 콘셉트가 있습니까?"

"응원가로 쓸 겁니다. 그러니 그에 맞는 가사를 써야겠죠. 악보 뒷면에 대략적인 콘티가 적혀 있습니다. 참고하시고 여러분이 의견을 조율하시면 됩니다."

"응원가라고요? 아~ 스포츠 응원가 말씀이십니까? 무슨 종목입니까? 야구?"

"네, 한화 이글스 전용 응원가예요. 다른 팀은 못 쓸 겁니다."

"그렇군요."

남선호는 콘티를 훑어보더니 의아한 표정을 지으며 물었다.

"한화 이글스 응원가라고 하셨는데, 한화에 대한 언급은 없네요?"

"일부러 그랬습니다. 지금은 독점 사용 계약이 되어 있어도 영원히 그러란 법은 없으니까요."

"독점이라면 당연히 한화만을 응원하는 가사가 들어 있을 거라 생각할 것 같은데… 그쪽도 아차 싶겠네요."

"반드시 콘티대로 하라는 건 아닙니다. 그렇게 할지 말지는 여러분의 자유예요. 물론 어떻게 해서 어떤 결과가 나오든지 MMF를 탓할 생각은 없습니다. 물론 잘되면 MMF 덕분이겠지만요."

"하하하, 언제까지 완성하면 됩니까?"

"삼 일 안에 가사랑 연습까지 다 가능할까요?"

"네. 처음 듣는 노래라고 해도 악보만 보면 그대로 연주할 수 있으니까요. 급한 일입니까?"

"다음 경기가 시작되기 전에 받았으면 좋겠다고 해서요."

"그럼 최우선 순위로 작업해야겠군요."

"그렇게 해주세요."

현일은 MMF의 연습실을 나오며 한 통의 전화를 받았다.

'로열 더 케이에서 왜……?'

아직은 그쪽과 할 얘기가 없어서 진승철 대표의 전화가 의문스러웠다.

전화를 받자 들려오는 이야기는 썩 반길 만한 것이 아니었다.

—작곡가님, 문제가 생겼습니다.

진승철 대표는 전화를 할 때도 항상 인사부터 하는데, 다짜고짜 불행한 소식부터 알려왔다.

그의 목소리만 들어도 심상치 않았다.

"무슨 일이시죠?"

—SH에서 수박에 GCM 노래를 유통하지 말라고 하네요.

'이성호 사장이……'

드디어 그가 GCM 엔터에게서 위협을 느끼는지 본격적으로 움직이기 시작한 모양이다.

—그리고 다른 기획사에도…….

"동참하자고 했겠죠?"

—그렇습니다.

"단도직입적으로 묻겠습니다. 진 대표님은 어떻게 하실 겁니까?"

─…오래는 못 기다립니다. 죄송합니다.

"예, 이해합니다."

─…그럼 부디 잘 처신하시길 바랍니다.

"네."

수박에 등록된 노래가 약 400만 곡이다.

그중에서 우리나라 노래가 약 40만 개쯤 된다.

40만 개의 매출 중 상당 부분이 한국의 여러 기획사에서 나오는데 그걸 안 주겠다고 하니 고민을 많이 했을 것이다.

'그래도 그렇지, 우리 회사의 음악이 매출을 엄청나게 올려줄 텐데?'

아직은 GCM이 여러 회사와 맞설 역량이 안 되니까.

아직은 그래도 SH가 훨씬 더 크니까.

진 대표는 아무래도 그렇게 생각하는 모양이다.

'이거 서러워서 살겠나. 하루라도 빨리 독자적인 플랫폼을 구축해야겠는데.'

현일은 플랫폼을 만드는 게 하루아침에 되는 일이 아닌지라 차근차근 준비하려고 했는데 더 이상 미루면 안 되겠다는 생각이 들었다.

'자본금이 예상보다 많이 들겠네.'

이런 일이 있을 때를 대비해 돈을 많이 벌어둬야 했던 것이다.

현일은 곧바로 한석준에게 전화를 걸어 SH의 공격에 대한 이야기를 전하고 플랫폼을 만들자고 말했다.

─그럼 내일 뵙시다.

"알겠습니다."

─그나저나 앞서 말했듯이 SH의 공격은 충분히 대비하셔야
할 겁니다.

"네, 최대한 생각해 보겠습니다."

─저도 방법을 강구하겠습니다.

현일은 SH에게 받은 만큼 되갚아줄 참이다.


\*              \*              \*


레이지 레코드 근처 식당.

"앉읍시다."

한준석과 플랫폼을 만들자는 이야기는 예전부터 해왔지만 아
직 기획 단계도 거치지 않은 상태이다.

"무슨 얘기부터 할까요? 플랫폼? SH 엔터테인먼트? 아니면 응
원가?"

현일이 물었다.

"플랫폼부터 하죠. 초기 자본금을 얼마나 투자해야 할지는 감
이 잡히십니까?

"많으면 많을수록 좋죠. 엄청나게 쏟아부어야 될 겁니다."

사람들은 기존에 사용하던 플랫폼에서 잘 안 바꾸려고 한다.

보통 귀찮아서 한 번 선택한 곳을 관성으로 이용하기 때문이
다.

그렇기에 사람들이 눈길을 돌리게 하려면 정말 엄청난 돈을
들이부어야 될 것이다.

마치 밑 빠진 독처럼 말이다.

"얼마 정도로 생각하고 계십니까?"

"아마 최소 백억은 가지고 가야겠죠."

"으음, 백억이라⋯⋯."

한준석은 그야말로 억 소리 나는 액수에 저도 모르게 침음을 흘렸다.

그러나 현일은 백억이면 그래도 적은 돈이라고 생각했다.

"각종 이벤트에다 여러 매체에 광고도 하고 국내외 기획사들과의 계약을 생각한다면 이백 억까지도 생각하고 있습니다."

"이벤트요?"

"네. 플랫폼 창설 기념으로 이용자들에게 무료로 MP3 음원을 다운받을 수 있게 해야 할 것 같습니다. 그래야 관심이 생길 테니까요."

"그렇지만 손해가 굉장히 크겠네요."

"그러니까 백억은 우습게 드는 거죠. 물론 완전히 공짜는 아닙니다. DRM을 걸어서 무료로 받은 건 한 달 정도만 들을 수 있게 해야 될 겁니다."

"언제까집니까?"

"우리 사이트가 굳건히 자리 잡을 때까지요. 짧게 잡아도 3~4년은 걸릴 겁니다. 길면 10년도 걸릴 수 있겠죠."

그러니까 그만한 돈이 드는 것이다.

그리고 그 돈이 다 수백만 장의 음반 판매량에서 나오는 것이다.

'함부로 손 벌렸다가 소리 소문 없이 사라진 사이트가 한두 개가 아니었지.'

대기업이 괜히 플랫폼 사업에 섣불리 뛰어들지 않는 게 아니다.

"그럼 SH건은 어떻게 하실 생각입니까?"

현일은 그 질문에 잠시 눈을 감았다가 떴다.

"그건······."

따리리리리~

현일에게 전화가 왔다.

"누구죠?"

"지영이네요."

지금쯤이면 MMF가 응원가를 녹음하고 있을 시간이다.

레코딩 엔지니어인 그녀는 녹음에 몰두할 땐 연락을 잘 하지 않는 편인데 혹시라도 무슨 일이 생긴 건 아닐까 걱정되었다.

―작곡가님.

현일을 부르는 목소리가 기어들어 갔다.

"무슨 일이야?"

―남선호 보컬의 목 상태가 안 좋아요.

현일은 이맛살을 찌푸렸다.

"성대 결절?"

―네.

가수의 목 상태가 안 좋으면 성대 결절 말고 뭐가 더 있겠는가.

성대 결절은 지속적인 목소리의 남용이나 무리한 발성에 의해 생긴다.

응원가의 특성상 일반인들도 따라 부르기 쉽게 만들었으니 후자는 아닐 것이고, 최근에 일본 공연이니 뭐니 해서 무리하게 연습을 해온 것이 원인인 것 같았다.

—어떻게 하죠?

"일단 보컬만 빼고 녹음은 진행해. 물 자주 마시라고 하고. 한 일주일 쉬라고 해야겠어."

—…괜찮겠어요? 얼마 후면 완성된 곡을 갖다 줘야 하잖아요?

"그러다가 자칫하면 평생 가창력 반 토막 나는 수가 있어. 내가 대책을 마련해 볼게."

—알겠어요.

뚝.

현일은 크게 한숨을 쉬며 고개를 저었다.

"하… 그야말로 엎친 데 덮친 격입니다."

"큰일은 아닌 거죠?"

"글쎄요. 지영이가 말하는 걸 봐서는 그런 것 같기는 한데… 지켜봐야죠, 뭐. 그래도 활동 기간이 아니어서 불행 중 다행입니다."

현재 MMF는 새 정규 앨범을 준비 중인 관계로 별다른 활동을 안 하고 있는 상태였다.

한석준이 고개를 끄덕였다.

"이참에 푹 쉬라고 하세요. 회사 초기 때부터 힘들었을 텐데."

"거의 우리 회사 창립 멤버나 다름없죠. 하하!"

아닌 게 아니라 MMF는 파워스타 때부터 지금까지 쭉 달려왔다.

원래부터 MMF는 예능이나 오락 프로그램에도 거의 출연하지 않고 오로지 실력으로만 밀어붙인다는 생각으로 공연과 음반 제작 외에는 거의 모든 스케줄을 연습에만 쏟아 붓고 있었다.

그렇게 누적되어 있던 피로가 지금 터져 버리고 만 것이다.

한준석이 좋은 생각이 난 듯 대답했다.

"이런 건 어떻습니까?"

*　　　　　*　　　　　*

수박의 사무실.

자신들의 사이트를 모니터링하는 직원들.

그 직원 중 한 명이 수박의 총괄이사에게 보고했다.

"전 이사님, 사람들의 원성이 자자합니다."

"무엇이 말인가?"

"이걸 보십시오."

직원은 전 이사에게 노트북 화면을 보여주었다.

—뭐죠? 오늘 이하연 노래 사려고 충전했는데 노래가 없네요? 어찌 된 일이죠?

—그러게요. 맥시드 노래도 없어진 것 같음.

—MMF도 없네요. GCM 노래가 다 없어졌어요. 가수들 검색하면 프로필이랑 항목은 나오는데 정작 들어가 보면 노래가 없어요.

—수박에 오류가 있나? 잘 쓰다가 이러네. 네버로 갈아타야지.

—음, 아마 이벤트 끝나서 잠시 버그가 있나 보네요. 조금만 참고 기다립시다.

—헉! 이벤트 끝났어요? 젠장할. ㅠㅠㅠ

—쿠폰 산 사람들 뒤통수치네. ——

SH의 공격 이후 며칠이 지나고 결국 GCM 소속 가수들의 노래가 상당수 내려갔다.

그래도 김성아의 노래는 그대로였다.

작곡가만 GCM이고 그녀는 다른 소속사였기 때문이다.

물론 어디까지나 로열 더 케이와 계약된 것이 있기 때문에 천년만년 내려가 있을 수는 없을 것이다.

또한 생각보다 사람들의 반응도 뜨거웠다.

다행히 로열 더 케이에서 GCM의 노래를 내리기 전에 몇 가지 단기간 이벤트를 준비했기 때문에 그 며칠 동안은 매출이 폭발적으로 늘었다.

수박이 점유율 1위의 플랫폼이긴 해도 SH가 네버까지 건드릴 재간은 없기에 의외로 타격은 크지 않았다.

전 이사는 GCM 엔터테인먼트의 정산 화면을 보면서 고개를 끄덕였다.

'지난 한 달 동안의 매출과도 맞먹을 정도로군.'

사정이야 어찌 됐든 간에 사람들이 원인 모를 버그(?) 사태에 분노하고 있는 것만 봐도 현재 GCM의 입지가 얼마나 굳건해져 있는지 알 수 있는 대목이다.

'그만큼 GCM의 노래를 대중이 사랑하고 있다는 증거겠지. 참 복받은 기획사구만.'

고개를 끄덕이는 전 이사에게 직원이 말했다.

"어떻게 할까요? 계속 이대로라면 타 플랫폼으로 이동하는 유저들이 제법 많아질 것 같습니다."

"예상 인원은?"

"이 화면을 보시면 이번 주 동안 GCM의 노래를 제한 없이 스트리밍 서비스 이용 가능하고, 1년 DRM이 걸린 음원을 다운로드 받을 수 있는 쿠폰을 결제한 사람이 약 100만 명쯤 됩니다."

"그럼 그 소비자들은 최소 1년은 계속 우리 사이트를 이용하겠군."

그러자 직원이 고개를 저었다.

"이 화면엔 그 쿠폰을 산 사람들이 가입 일부터 몇 개의 음원을 다운받았는지 내역이 나와 있습니다."

"그런데?"

"쿠폰을 사고 나서부터 다른 음악의 구매율이 현저히 떨어졌습니다. 즉 GCM의 음원만 수박에서 받고 다른 음원은 타 플랫폼에서 사기 시작했다는 결론이 나옵니다."

"흠……."

"마냥 SH나 다른 기획사들 눈치만 볼 상황은 아닌 것 같습니다, 전 총괄이사님."

"으음……."

직원의 보고에 연신 침음만 흘리는 전 이사였다.

그는 눈을 감고 잠시 생각하더니 이내 입을 열었다.

"일단 공지 띄워."

"어떤 공지 말입니까?"

"서버에 잠시 오류가 생겼다거나… 뭐 그런 변명들 대충 잘 지어서. GCM 노래 하루빨리 복구하겠다는 문장도 넣고."

"알겠습니다."

"아, 그리고 SH 눈치도 봐가면서 몰래몰래 올려놔."

"…GCM 노래를요?"

전 이사는 고개를 끄덕였다.

"그래도 괜찮을까요? 진 대표님이……."

"이보게."

"예."

"우리가 플랫폼을 운영하는 사람들이야. 요새처럼 실물 음반도 잘 안 팔리는 세상에서는 가격이 싼 MP3 음원에 매달리는 수밖에 없어. 그런데 그 플랫폼 만드는 게 한두 푼 드는 사업인가?"

직원이 고개를 갸웃거렸다.

"그렇긴 한데… 무슨 뜻인지 잘 모르겠습니다."

"이미 점유율은 수박이 압도적이야. 그런데 우리가 기획사 눈치나 볼 입장인가? 사이트의 광고 칸은 제한되어 있는데 수요는 넘치지, 미래라고 안 그럴 것 같나?"

배너 광고.

거기에 기획사가 자기 소속사 가수들의 음악을 홍보하면 매출은 급등하게 마련이다.

하지만 공급은 적은데 기획사들은 언제나 자기 차례만을 기다리는 실정이나.

그 순간 직원의 뇌리에 번개가 스쳐 지나갔다.

"…아!"

"앞으로는 기획사가 우리 눈치를 봐야 될 거다. 수박이 갑이 되는 거야."

"…그래도 아직은… GCM 노래를 올린 걸 SH가 눈치채면 가만있지 않을 텐데요? 다른 기획사에서 노래를 안 줘버리면……."

"SH? 까짓것, 마음대로 하라지. 우리가 한국 기획사들한테 목매달 입장인가? 외국 곡도 잘 팔려. 말했듯이 실물 음반은 안 팔린다. 결국 매출 떨어지는 건 기획사야."

그러자 직원이 비장한 눈빛으로 고개를 끄덕였다.

"알겠습니다."

"그러고 보면 우리도 한번 이빨을 드러낼 때가 된 것 같군."

전 이사는 이참에 아주 플랫폼의 힘을 보여줄 생각이다.

"어떻게 말입니까?"

"예전부터 생각해 둔 게 있지."

"설마 그거요?"

"흐흐흐, SH랑 협조하던 기획사가 어디라고 했지?"

전 이사의 얼굴에 음험한 미소가 그려졌다.

*      *      *

GCM 녹음실.

"죄송… 캑!"

남선호는 목을 잡고 인상을 잔뜩 찡그렸다.

현일이 기침을 하는 그에게 물을 떠주었다.

감사를 표하려는 그를 현일이 제지했다.

"말하지 마세요."

"……"

"정규 앨범은 천천히 준비하시고 다 나을 때까지 푹 쉬세요."

"응원가는 어떻게 할 거예요? 저희는 이하연 씨로 대체해도 좋아요."

선현주의 질문이다.

현일은 한준석의 말을 떠올렸다.

"물론 하연이도 괜찮지만 할 사람들이 따로 있습니다."

"누군가요?"

"한화 이글스."

"…설마?"

"네, 지금 전화할 겁니다. 그보다 가사는 어디 있죠?"

"여기요."

가사를 훑어보는 현일이 혀를 내둘렀다.

응원가는 특별한 케이스인 만큼 반복 구간이 여러 번 존재하는 노래로 만들었다.

'후렴구의 가사도 전부 달라.'

그러면서도 반복되는 가사는 없었다.

'1절, 2절 각각 다른 느낌을 줄 수 있겠군.'

MMF의 작사 능력에 새삼 감탄하는 순간이다.

멀찍이서 대화를 듣고 있던 이지영이 다가왔다.

"과연 한화 이글스가 그렇게 해줄까요?"

"그 사람들도 절박하니까."

물론 계약 사항을 조금 수정해야 할지도 모른다.

'조금 아깝기는 하지만 그만큼 더 많이 팔면 되는 거다.'

몇 번의 신호음이 울리자 이윽고 김승언의 목소리가 들려왔다.

―네, 작곡가님.

"안 좋은 소식이 있습니다."

현일은 자초지종을 얘기했다.

―그렇군요. 유감입니다. 빨리 쾌차하시길 바랍니다.

"그래서 다른 보컬을 써야 할 것 같습니다."

―예, 그래야겠죠. 어차피 누구를 쓸지는 작곡가님 마음 아닙니까.

"그렇지만 이번엔 김승언 부장님이 도와주셔야 할 것 같습니다.

―어떻게 도와드리면 됩니까?

즉시 반응이 왔다.

역시 한화 이글스에서도 이 응원가에 기대가 큰 게 틀림없었다.

"한화 이글스의 선수들과 녹음을 같이하고 싶습니다."

―오, 그것도 괜찮겠군요.

예상보다 좋은 반응이다.

왠지 흔쾌히 응해줄 것 같은 느낌이 들었다.

그가 말을 이었다.

―그래도 선수들이 시간을 내는 게 힘들 수도 있습니다.

"그건 걱정 마세요. 부르기 쉽게 만든 노래니까 녹음도 빨리 끝날 겁니다."

―몇 명이면 됩니까?

"많으면 많을수록 좋습니다. 유명한 선수라면 더할 나위 없고요."

선수들이 직접 녹음하면 한화 이글스도 알아서 홍보를 열심히 해줄 것이다.

게다가 응원가를 더 많이 플레이할 것이고, 그렇게 되면 결국은 더 많은 수입이 들어온다.

'무엇보다 SH의 공격에 저항할 훌륭한 방어 수단이 되겠지.'

―박해찬 선수면 됩니까?

'…진짜로?'

박해찬 선수는 94년에 메이저 리그에 입단, 그 해에 만 21세의 나이로 내셔널리그에서 두 번째로 어린 선수였다.

그야말로 힘으로 찍어 누르는 압도적인 파워의 강속구로 야구계를 호령하던 인물이다.

'올해 한화 이글스에 있다고는 들었는데… 아니, 진짜로?'

그러나 박해찬이라면, 아니, 그이기에 흔쾌히 승낙할 것 같았다.

'인품이 좋기로 유명하지.'

2013년에 야구 선수로서 은퇴하면서 여러 예능 방송에 출연하면서 좋은 이미지를 보여줬다.

인성도 좋고 사람들과 대화하는 것을 좋아해 팬 서비스의 일환으로 사인 받으러 온 팬들을 붙잡고 쉴 새 없이 떠들어대서 팬들이 도망갔다는 일화는 제법 유명했다.

하여튼 박해찬 선수라면 그냥 대박이다.

그러나 현일은 그 기쁜 마음을 내색하지 않았다.

"네, 그분이면 충분하죠."

―하지만 확실히 된다는 건 아닙니다. 한번 얘기를 해보겠습

니다.

"잘 부탁드립니다."

*   *   *

녹음에 참여한 인원은 총 다섯 명이었다.

박해찬과 김태선, 장승복, 유태화, 정한호이다.

"처음 뵙겠습니다. 박해찬입니다."

"최현일입니다."

박해찬과 마주하니 가장 먼저 수염이 눈에 들어왔다.

"여기가 녹음실인가요?"

그리고 특유의 버터 발음까지.

"네."

다섯 명을 둘러보니 박해찬과 김태선은 흥미로운 표정을 짓고 있다.

그에 반해 나머지 셋은 뭐 이런 일을 시키느냐는 듯한 불만감이 눈에 선했다.

"이건 뭡니까?"

박해찬이 음향 장비를 가리키며 물었다.

현일이 그의 질문에 하나하나 설명해 주고 있을 때, 하품을 하던 정한호가 입을 열었다.

"해찬이 형, 괜히 시간 버리지 말고 빨리 일 치르고 가요, 우리."

"왜, 재밌는데? 신기하잖아."

"신기하긴 뭐가 신기해요? 따분하기만 한데."

장승복이 끼어들었다.

"맞아요. 거기 당신입니까, 우리를 오라 가라 한 게? 우리 몸 값이 얼만지나 알아요? 제가 얼마나 바쁜 사람인데요."

"경기가 코앞인데 당장 내려가서 훈련을 해도 모자랄 판에 이게 대체 뭐 하는 짓거린지, 참……."

명백히 가시 돋친 말을 내뱉는 그들이다.

대전에서 잘 놀고 있는데 구단에서 뜬금없이 서울로 올라가라 하기에 왔는데, 하필이면 그 이유가 노래나 부르는 일이라니 기가 막힌 것이다.

"딱히 당신들을 부른 적은 없습니다만. 하기 싫으시면 지금 그만두셔도 됩니다."

"흥! 그러란다고 못할 줄 아세요?"

"물론 녹음 참여비는 지금 받지 못하십니다."

"제가 뭐 돈이 아쉬워서 여기 온 줄 아십니까? 예?"

"승복아!"

보다 못한 박해찬이 그에게 호통을 쳤다.

"형, 아무리 그래도……!"

"조용히 안 해! 그래도 이런 데 와볼 기회가 얼마나 있겠어? 저, 작곡가님."

스포츠계에서 선후배 관계는 하늘과도 같다.

하물며 박해찬 같은 대선배가 꾸짖으니 꼼짝을 못했다.

"네."

"그… 맥시드는 어딨습니까?"

그가 멋쩍은지 뒷머리를 긁적이며 물었다.

그러자 역시 다른 넷도 그녀들에 대한 흥미는 숨길 수 없는 모양이다.

현일은 장승복 또한 눈이 일순간 반짝인 것을 놓치지 않았다.

"맥시드가 여기 있는 겁니까?"

"오오!"

"해찬이 형, 형수님이 아시면 큰일 나요!"

"쉿!"

"오늘 저녁은 소고기로 결정입니다, 형님."

"에휴……."

현일은 피식 웃었다.

'맥시드로 이 사람들을 통제할 수 있을까?'

한화 이글스의 유니폼을 입고 앙증맞게 공을 던지는 맥시드의 모습은 현일이 상상해도 제법 귀여울 것 같았다.

"지금은 방송 중일 텐데……."

"아, 그렇군요. 하긴 바쁜 아이들이니까요."

그러자 다섯의 얼굴에 대번에 실망감이 드러났다.

"그래도 기회가 되면 볼 수도 있겠죠. 시구라든지……."

박해찬의 눈이 번쩍 뜨였다.

"아, 시구! 그런 방법이!"

반드시 위에 건의해 봐야겠다고 다짐하는 그였다.

현일이 흘깃 시계를 보았다.

"지금쯤이면 연습실로 오고 있을 수도 있겠네요."

"정말입니까?"

그러자 다시금 다섯의 눈이 반짝였다.

참으로 다루기 쉬운 사람들이다.

"맥시드랑 같이 노래 연습을 할까 했는데 바쁘다 하시니할 수 없군요. 지금 바로 시작합시다. 분명 가사가 여기 어디쯤……."

다섯 명이 의기투합하여 현일을 제지했다.

"아니, 아니, 아니, 아니! 괜찮습니다! 우린 남는 게 시간입니다! 그렇지?!"

"예? 예! 물론이죠! 마침 오랜만에 서울 올라왔는데 한 며칠 밤 자고 가도 좋을 것 같은데요!"

처음 만날 때부터 그렇게 귀찮은 기색을 팍팍 내던 셋도 의욕이 충만해졌다.

현일은 김채린에게 카톡을 보냈다.

리더는 민유림이지만 적극적으로 카톡을 하는 사람은 그녀이기에 자연스럽게 김채린에게 메시지를 보낸 것이다.

—어디야?


*          *          *


'어? 문자 왔다!'

보통 현일이 먼저 연락하는 경우는 거의 없었다.

'무슨 일이시지?'

그녀는 가뭄에 단비가 내리듯 설레는 마음으로 액정을 두드렸다.

—가는 중이에요~

―빨리 와.

―네~

'빨리 오라니… 무슨 뜻이지? 설마……?'

대체 무얼까.

'내, 내가 보고 싶어서?'

답장을 보낼 때도 끝에 하트를 붙일까 말까 한참 동안 고민하는 김채린.

그런 그녀의 마음을 이제는 알아주는 것일까.

"큭큭……."

"쟤는 또 왜 저런다니?"

"왜 저러긴, 드디어 미친 거지."

한지윤이 김채린을 걱정스러운 눈빛으로 바라봤다.

"채린아, 그러면 안 돼."

"응? 뭐가?"

"진짜로 미친 건 아니지?"

"뭔 소리야. 작곡가님이랑 연락하고 있었지."

"뭐? 나도 보여줘!"

"자."

핸드폰을 본 한지윤의 눈이 휘둥그레졌다.

"아, 안 돼!"

"쟨 또 왜 저래?"

"왜 저러긴, 쟤도 미친 거야."

하여튼 우여곡절 끝에 맥시드는 회사로 들어섰다.

설마설마했는데 설마는 설마였다.

"안녕하세요?!"

'웬 아저씨들이······.'

우렁차게 인사하는 다섯 명을 보며 허탈함을 금할 수 없는 김채린이다.

얼굴에 함박웃음이 피어난 선수들과는 상당히 대조적인 모습이다.

"하, 하하하, 안녕하세요?"

현일이 서로를 소개해 준 뒤 녹음을 위한 사전 준비를 시작했다.

─한 번 더~ 나에게~ 포풍 같은 용기를······.

맥시드와 함께하는 연습은 한 시간 동안 지속되었다.

애초에 한화 이글스의 응원가가 쉬운 노래이기도 했고, 선수들도 이곳에 오면서 가사를 외웠을 것이기에 당초 연습 시간은 30분으로 잡았다.

"조금만 더 하면 외울 수 있을 것 같습니다."

이런 식으로 계속해서 녹음을 미룬 탓에 예정보다 늦어졌다.

물론 현일은 그런 그들의 꿍꿍이를 눈치챈 지 오래였지만 그냥 놔두었다.

현일도 구장에 갔을 때 프로 선수들의 서비스를 받았다.

─연습은 끝났습니까?

"네. 지금 바로 녹음 들어가면 됩니다."

그러나 즐거움도 잠시, 김승언의 재촉을 보아하니 실제로 아주 바쁜 모양이다.

'맥시드를 그만 떼어놓아야겠군.'

"이제 녹음 들어갑시다, 선수 여러분."

"에이."

"아직 다 못 외웠어요."

"제가 몇 번이나 봤는데 아주 막힘없이 잘 부르시더군요. 그리고 어차피 가사 보면서 불러도 되니까 꼭 다 외우실 필요는 없습니다."

"한 번만 더 부르면 다 외울 것 같습니다!"

박해찬이다.

"…딱 한 번입니다."

저렇게나 좋을까.

10년도 훨씬 전부터 전국 각지에서 모여든 수많은 미남미녀들을 보고 살아온 현일로서는 맥시드나 김성아를 봐도 저렇게까지 반응하지는 않았다.

'나도 신인 때는 저랬나? 기억이 안 나는군. 하기야 그때는 워낙 바빠서……'

아이돌 가수나 여배우에게 눈 돌아갈 틈도 없었다.

SH 엔터테인먼트의 살인적인 스케줄은 작곡가라도 피해갈 수 없었다.

잠시 회상에 젖어 있을 때, 마지막 기회(?)가 끝이 났다.

"그럼 시작합시다. 너희들은 빨리 연습하러 가고."

"쳇!"

"파이팅하세요~ 오빠들!"

"예에엡!!"

팬 서비스가 확실한 맥시드였다.

　　　　*　　　　　*　　　　　*

SH엔터테인먼트 이성호 사장의 집무실.

"사장님!"

"또 뭔가?!"

이성호가 소리를 질렀다.

비서가 헐레벌떡 뛰어와서 자신을 찾는 걸 보면 절대 좋은 일
은 아닐 터였다.

'하나도 되는 일이 없군.'

그는 관자놀이를 꾹꾹 눌렀다.

요새 신경이 곤두서 있는 탓에 편두통만 늘어갔다.

"수박에서 우리 회사 가수들의 배너 광고를 전부 빼버리고 있
습니다!"

"뭐, 뭐야?!"

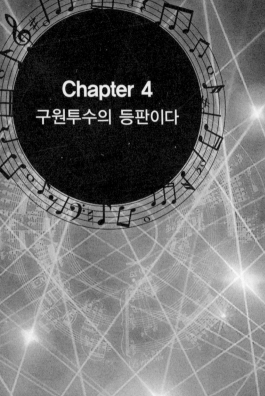

**Chapter 4**
구원투수의 등판이다

이성호는 당장 진위 여부를 확인했다.

비서가 헛소리를 할 사람은 아니지만 그의 말을 믿고 싶지 않았다.

이내 사이트에 접속하니 과연 SH와 SH에 동조한 기획사의 가수들로 예정되어 있던 배너 광고가 모두 내려가고 모두 외국 가수들의 광고로 채워져 있었다.

이성호는 입술을 질끈 깨물었다.

'한 방 먹었군.'

그러나 그는 크게 걱정하지 않았다.

소속 가수들의 순위를 높여주기 위해 음반을 한 사람이 10장, 20장씩 사는데 그깟 배너 광고 하나 잘렸다고 크게 동요할 SH가 아니었다.

"어차피 우리 가수들 노래는 팬들이 알아서 찾는다. 이 정도로 흔들릴 거였으면 공격도 안 했어. 수박에서 반격한 것도 예상범위 안이다."

"그래도 괜찮을까요? 이번 싸움에서 지면 수박 쪽에 많은 걸 뺏길 겁니다."

이성호는 콧방귀를 뀌었다.

"흥, 그까짓 배너, 마음대로 하라 그래. 어차피 우리한텐 별 도움도 안 돼."

확실히 배너 광고는 신생 기획사나 신인 가수에게나 효과가 있지, SH 같은 탄탄한 라인업을 갖추고 있는 회사에겐 있으나 없으나 큰 차이가 없었다.

다만 알력 다툼에서 밀리는 건 얘기가 다르다.

지금까진 수박이 노래를 받아가야 하는 을의 입장이었다면, 이젠 기획사가 어떻게든 수박에 노래를 넣어야 하는 철저한 갑의 입장으로 바뀐 것이다.

'끄응, 수박을 우리가 샀어야 하는데!'

과거 수박이 SK에 있던 시절, 이성호는 수박을 매입하자고 강력하게 주장했으나 주주들과 이사회에서 안 된다고 강력하게 반대했다.

그때만 회상하면 배가 아파서 잠을 못 잘 지경이다.

"진통제 좀 갖다 주게."

"예."

이젠 머리 아픈 날이 더 많아졌지만 말이다.

\*　　　　\*　　　　\*

GCM 작업실.

선수들은 녹음을 시작했다.

그들은 헤드폰으로 들려오는 음악에 새삼 감탄했다.

'노래가 이렇게 좋았나?'

'헤드폰으로 들으니 또 다른 느낌이네. 비싼 거라서 그런가?'

그들은 아까 연습할 때도 MR을 듣긴 했지만 맥시드에 집중하느라 충분히 감상할 여유가 없었다.

'그런데 이렇게나 좋은 노래였다니……'

한순간 맥시드에 정신이 팔리고 정작 노래에는 집중하지 못한 자신들이 바보 같아졌다.

―한 번 더~ 나에게~ 포풍 같은 용기를…….

그렇게 녹음이 한창일 때, 현일의 눈앞에 띠링 하고 메시지가 떠올랐다.


[한화 이글스의 선수들이 한마음이 되어 녹음에 열중하고 있습니다.]

[선수들이 경기 중에 이 음악을 들으면 더욱 민첩해질 것입니다.]


"수고하셨습니다."

현일이 녹음실에서 나오는 선수들을 기쁘게 맞이해 주었다.

"원래 이렇게 빨리 끝나는 건가요?"

박해찬이 어리둥절한 표정으로 물었다.

원래 파트마다, 또는 가사마다 녹음을 따로 할 때도 많기에 시간이 많이 걸리지만, 이번엔 스트레이트로 한 번에 녹음을 끝냈다.

"아뇨. 원랜 녹음에만 하루가 걸릴 때도 있어요. 여러분이 잘해주셔서 일찍 끝난 거죠."

현일의 음악엔 사람을 몰입하게 만드는 힘이 있었다.

그리고 어떤 일에 몰입할수록 일의 능률은 오르는 법이다.

원래라면 조금 더 했겠지만, 바쁜 사람들이니 얼른 대전으로 내려 보내야 한다.

부족한 부분은 충분히 팀 3D가 보정해 줄 것이다.

"색다른 경험이었어요. 즐거웠습니다."

이제 곧 가야 하기에 아쉬운지 선수들은 연신 맥시드의 연습실 쪽을 힐끔거렸다.

현일이 빙긋 웃으며 말했다.

"그냥 가면 섭한데, 맥시드랑 사인 교환이라도 하고 가시죠."

"예! 당연히 그래야죠! 하하하!"

"꼭 경기 보러 오십쇼!"

"네."

선수들을 떠나보낸 후 현일은 김승언에게 전화를 걸었다.

―네, 작곡가님.

"녹음은 마쳤습니다. 선수들도 출발했고요."

―오, 그렇군요. 생각보다 훨씬 빨리 끝났네요?

'……'

재촉할 땐 언제고 지금은 빨리 끝났단다.

김승언이 일 처리하는 방법을 현일은 깨달았다.

"네, 그런데 사소한 문제가 하나 있습니다."

─뭡니까?

"SH가 몇몇 기획사와 손잡고 수박을 압박하고 있어요. 우리 회사의 노래가 수박에서 전부 내려갔습니다. 아마 신곡도 못 올라가게 막을 겁니다."

─그런가요. 치졸한 짓을 하는군요. 그런데 그 수박이란 곳이 큽니까?

중소기업이냐, 대기업이냐를 묻는 게 아니었다.

"음원 유통 플랫폼 중에서는 압도적인 점유율을 차지하고 있습니다. 거의 70%가 넘죠."

─흐음, 그런 곳에서 유통을 못하면 손해가 크겠군요?

"그렇죠."

─알겠습니다. 제가 구단주께 연락해 보겠습니다.

"예."

현일은 씨익 웃었다.

'구단주와 직통 연락망이 있나 보군. 혹시 친족인가?'

그러고 보면 김승언은 구단의 부장이라는 직책에 비해 분명 젊었다.

현일 자신도 이 젊은 나이에 GCM 엔터테인먼트의 대표인지라 별로 대수롭지 않게 생각했다.

'김 회장이랑 성씨도 같고.'

물론 김 씨가 한국에 정말 많긴 하지만, 그 외에도 구단에서

과분한 영향력을 가지고 있는 걸 보면 뭔가 있긴 있는 것 같았다.

어쨌거나 잘된 일이었다.

SH는 이 시간부로 한화그룹에게 진탕 두드려 맞는 일만 남았다.

현일은 매번 느끼는 거지만, 곤경에 처한 이성호의 얼굴을 직접 볼 수 없다는 게 너무나 아쉬웠다.

―대신 GCM 쪽에서도 수고를 해주셨으면 합니다.

"말씀하세요."

―이벤트를 열고 싶은데요.


*           *           *


한화 이글스 홈구장.

현일은 선물로 받은 VIP석 티켓 넉 장을 쥐고 팀 3D와 함께 대전구장을 찾았다.

원래 가고 싶은 마음은 별로 없었는데 이지영이 사정사정을 해대기에 온 것이다.

"네가 야구를 그렇게 좋아하는지는 몰랐다."

"야구도 좋지만 응원하는 걸 좋아해요. 히히."

주전부리를 사들고 자리에 앉아서 기다렸다.

"오오! 나온다!"

이지영이 어딘가를 가리키자 기다렸다는 듯 해설가와 캐스터의 음성이 구장에 울려 퍼지기 시작했다.

—네~ 한화 이글스의 새로운 응원가라고 하죠? 무려 박해찬 선수와 김태선, 장승복… 선수들이 부른 노래라고 하는데요, 사실은 MMF가 모두 녹음하기로 했지만 보컬리스트의 목 상태가 악화되는 바람에 한화 선수들이 불렀다고 합니다.

　—하하, 그런 사연이 있었군요.

　—예. 공개되는 건 오늘이 처음입니다.

　—GCM 작곡가가 직접 제작한 곡이라죠? 요새 한창 떠오르는 작곡가의 노래인데, 과연 7년 전통 질량가속의 아성을 뛰어넘을 수 있을지 무척 기대가 됩니다.

　—하하하!

　해설가가 대본에 없는, 박태식 작곡가가 들으면 섭섭해할 농담으로 관객들에게 웃음을 주었다.

　—내~ 어린 시절 우연히~

　박해찬 선수의 파트가 나왔다.

　메인 카메라가 박해찬의 얼굴을 클로즈업했다.

　그가 저도 모르게 박수를 치며 자신의 파트를 부르는 모습.

　그리고 그게 메인 화면에 잡히자 흠칫 당황하는 박해찬 선수의 모습 또한 관객들에게 웃음을 선사했다.

　구장에서만 볼 수 있는 묘미였다.

　한편에선 관중들이 웅성거리기 시작했다.

　GCM이란 이름에 사람들의 말문이 트이는 것이다.

　'괜찮군.'

　현일은 절로 흐뭇해졌다.

　"인기 많아서 좋겠어요, 현일 오빠는?"

"맞아. 원래 나랑 야구장에 오려면 대기표 뽑아야 돼."

"히히."

그렇게 농담을 주고받는 동안, 이지영이 가리킨 쪽에서 치어리더 한 부대가 나오고 있다.

그리고 그 사이에 끼어 있는 한화 이글스 유니폼을 입은 네 명.

그 넷은 화려한 의상과 잘빠진 몸매를 자랑하는 치어리더들 사이에서 수수한 복장이지만 유별나게 빛이 나 관객들의 눈을 사로잡았다.

양손에 든 수술(치어리더가 흔히 손에 들고 흔드는 제기 모양의 응원 용품)을 흔들며 등장하는 그녀들.

맥시드였다.

관중들이 함성을 질렀다.

"와아아아아아!!"

"맥시드! 맥시드! 맥시드!"

—네~ 맥시드가 등장했군요. 한화 이글스에서 준비한 깜짝 이벤트죠.

치어리더들의 안무에 맞춰 춤을 추는 그녀들.

비록 급작스럽게 기획된 이벤트인지라 동작이 완벽하진 않았다.

종종 실수를 연발하기도 했지만, 구경꾼들은 귀여운 애교로 봐주었다.

남성 관객들과 구장의 선수들은 맥시드에게서 한시도 눈을 떼지 못했다.

"크, 내가 딱 10년만 젊었어도!"

"꿈 깨라, 인마."

파란 옷의 투수가 후배의 뒤통수를 갈겼다.

"악! 너무하십니다, 형님!"

"네 얼굴론 다시 태어나도 안 돼."

"으하하하하!"

상대 구단도 마찬가지였다.

노래가 끝났다.

"오오! 나온다! 나온다!"

그러자 이지영이 또다시 호들갑을 떨었다.

그녀가 손가락이 무슨 요술 지팡이라도 되는 양 검지 끝이 가리킨 곳에서 Make Me Famous가 등장했다.

문답무용.

구장의 정중앙에 등판한 MMF는 즉각 연주를 시작했다.

같은 응원가였지만 이번엔 달랐다.

파울 라인 바깥에서 열심히 춤을 추던 맥시드가 중앙으로 걸어나왔다.

캐스터가 입을 열었다.

―역시 이렇게 되나요? 아쉽게도 MMF의 메인 보컬리스트가 나오지 못한 관계로 맥시드가 노래를 부르려는 것 같습니다.

―예. 어쩌면 선수들에겐 더 잘된 일일지도 모르겠습니다. 하하하!

"이야아아아아아!"

오늘 관객의 대부분은 목이 쉬어서 집으로 돌아가리라.

사람이 살면서 저런 열렬한 환호를 부르짖을 때가 과연 몇 번이나 있을까.

열 번? 스무 번?

어쨌든 그중 두 번을 GCM의 가수들을 위해 쏟아 부었다.


[안목 스킬 발동!]

[소속 가수들이 잊지 못할 추억을 만들었습니다.]

[MMF(남선호 제외)와 맥시드의 퍼포먼스 등급이 한 단계 상승합니다.]


남선호가 오지 못한 게 아쉬웠지만, 그래도 상당히 고무적이었다.

'퍼포먼스 등급?'

현일은 그동안 가수들의 등급에 대해서는 딱히 신경 쓰고 있지 않았다.

그거야 자신과 음악의 등급이 높아지면 될 일이라고 생각했기 때문이다.

실제 어느 정도 사실이기도 했다.

그러나 지금 눈앞에 펼쳐진 광경을 보고는 생각이 달라졌다.

'……!'

눈을 희번덕인 현일에게 이지영이 물었다.

"왜 그래요?"

"맥시드의 안무가 깔끔해졌어. 이틀 동안 급하게 연습한 춤인데."

"그래요? 전 잘 모르겠는데. 그러고 보니 아까보다 실수를 덜 하는 것 같기도 하고. 그냥 익숙해진 거겠죠."

"아니야."

"어떻게 알아요?"

"그냥."

"……."

범인들은 모르겠지만 현일은 단번에 차이를 알 수 있었다.

맥시드의 춤에서 나오는 그래프.

아까 전에는 실수를 할 때마다 붉은 그래프가 현일의 눈살을 찌푸리게 만들었다.

그러나 지금은 거의 완벽에 가까운 칼군무를 선보였다.

그뿐만이 아니었다.

폐활량이 가장 약한 편인 김수영의 호흡도 안정되었다.

MMF를 둘러싼 치어리더는 한낱 맥시드의 들러리일 뿐이었다.

간혹 눈에 띄는 사람도 있지만, 그저 맥시드의 존재를 더 밝게 부각시키기 위해 존재하는 들러리.

마치 전교 1등을 위해 2등과 3등이 있는 것처럼 말이다.

그렇다면 맥시드만 달라졌을까?

\*          \*          \*

♬~

MMF의 드러머인 김진은 마치 드럼을 두드리는 기계처럼 정적이던 이전과는 달리 드럼 스틱을 프로펠러처럼 뱅글 돌리거나 공중에 던졌다가 반대쪽 손으로 받거나 하는 등의 묘기를 부렸다.

정석호는 악보에 없는 애드리브 기타 연주로 관객들의 귀를 즐겁게 해주어 한층 흥을 돋우었다.

그래도 가장 인상적인 것은 단연 민유림이었다.

맥시드의 메인 보컬리스트인 그녀.

평소에는 현일이 만들어준 음악의 영향으로 감추어져 있던 플랫(노래를 부를 때 보컬이 반음 정도 내려가는 것. 흔히 기량이 부족한 가수들에게 나타남) 현상이 싹 사라져 있었다.

"오오오오!"

거기에 바이브레이션과 같은 기교까지 넣으니 금상첨화였다.

이처럼 퍼포먼스 등급은 가수가 겉으로 보여줄 수 있는 전체적인 재주를 나타내는 지표라고 할 수 있었다.

물론 이제 한 계단 올랐을 뿐이니 현일처럼 주의 깊게 살펴보지 않으면 눈에 띄는 변화는 없을 것이다.

'하지만 체력이 빠르게 줄어드는 것 같은데.'

현일은 '맥시드 체력 훈련 강화'라고 메모해 두었다.

비록 그녀들의 원성을 사겠지만, 체력 등급이 퍼포먼스 등급을 따라가지 못하면 언젠가는 공연이 힘에 부칠 때가 올 것이다.

'어쩌면 컨디션이 망가질지도 모르고.'

잠시 후 모든 공연이 끝났고, 관객들은 다시 한 번 함성을 쏟아냈다.

비단 이번이 일어난 것은 가수들뿐만이 아니었다.

한화 이글스의 4번 타자인 김택윤은 한동안 뻐근하던 어깨를 가볍게 돌렸다.

"어깨가 좀 가벼워진 것 같은데?"

"그래요?"

"응."

"저도 오늘은 왠지 컨디션이 좋은 것 같아요. 쌓여 있던 피로가 한 번에 풀린 느낌인데요?"

"나도. 어제 술 마시고 자서 숙취가 있었는데 이제 정신이 멀쩡한 것 같다."

"그건 네가 아이돌에 넋 놓고 있다가 제정신을 차린 거지."

"푸하하하하!"

몸에 약간의 문제가 있던 선수들은 그 증상이 호전되었고, 원래 멀쩡하던 선수들은 몸이 가벼워짐을 느꼈다.

어찌 된 영문인지는 몰라도 그냥 즐거워서 그런가 보다 하고 별일 아닌 듯 넘겼다.

그러나 진짜는 본 게임부터가 시작이었다.

"화이팅!"

맥시드의 시구 시간이 다가왔다.

선택된 사람은 김채린.

누가 해도 상관은 없지만 그녀가 굳이 자기가 하겠다고 보챈 것이다.

'꼭 나의 멋진 모습에 반하게 만들고 말겠어.'

김채린은 그렇게 다짐하며 현일이 있는 쪽을 바라보며 싱긋 미소를 지었다.

곧 마운드에 선 그녀가 투구 폼을 잡았다.

―허, 폼이 예사롭지 않은데요?

―예. 많은 가수들의 시구를 봐왔지만 김채린 선수의 투구 폼은 확실히 공 좀 잡아본 모양새인데요?

'김채린 선수'를 강조하며 말하는 해설가의 멘트에 관객석에서 웃음소리가 흘렀다.

김채린이 비장한 얼굴로 힘껏 공을 던졌다.

슈우웅―

"오오오~!"

전광판에 찍힌 그녀의 구속은 무려 80km/h.

일반인 남성이 100km/h를 넘기기가 매우 힘들다는 걸 감안하면 그녀의 구속은 매우 수준급이라고 할 만했다.

무엇보다 그녀의 공이 정확히 포수의 글러브에 꽂혔다는 것이 관중석을 들썩이게 만들었다.

타자 또한 엄연히 프로지만, 여태껏 시구에서 제대로 된 공을 던진 가수가 없기에 방심하고 있던 탓에 벌어진 일이다.

"아자!"

김채린이 주먹을 불끈 쥐고 쾌재를 불렀다.

이윽고 카메라를 향해 엄지를 척 들어 보이곤 윙크를 날렸다.

[김채린의 인기가 5% 상승합니다!]

1회 초.

어웨이 팀인 삼성 라이온즈의 공격이다.

마운드에 선 선발투수 박해찬은 가만히 눈을 감았다가 떴다.

'그래, 이거야. 처음 음악을 들었을 때의 그 기분.'

그는 알 수 없는 기운이 그의 몸을 감싸는 것을 느꼈다.

기운의 정체는 알 수 없었지만, 메이저리그까지 거쳐 온 그의 감이 말해주고 있었다.

받아들이라고.

그는 매섭게 포수의 글러브를 노려보았다.

'기부터 죽이고 시작한다.'

한창 전성기 시절 박해찬의 최고 구속은 약 100마일(161km/h)이었다.

비록 나이가 들어 내년엔 은퇴를 앞두고 있지만 아직도 전력 투구를 하면 158km/h까진 던질 수 있는 박해찬이었다.

그런 그가 감독에게 탈삼진을 시키겠다는 사인을 보냈다.

이내 고개를 끄덕이는 감독.

박해찬은 현일이 준 힘으로, 더 민첩해진 몸으로 일생일대의 강속구를 던졌다.

[한화 이글스 박해찬, 최고 구속 164km/h. 본인 기록 경신.]

[박해찬, 희대의 마구로 3연속 탈삼진]

[한화 이글스 7 : 0으로 삼성 라이온즈에 완승 거둬.]

[한화 이글스 최근 3년간 꼴등의 수치를 벗어나나?]

\*       \*       \*

치어리더 탈의실.

"야구가 이렇게 재밌는 건지 몰랐네. 스포츠엔 별 관심 없었는데."

"그럼 아예 야구 선수로 전향하지 그래? 아까 공 잘 던지더라?"

배시시 웃으며 민유림이 화답했다.

그때 김채린이 눈에 들어온 치어리더를 보며 재차 입을 열었다.

"근데 좀 아쉽지 않아? 나 치어리더 의상 입어보고 싶었는데. 지윤아, 그치?"

"으, 응? 좀 부끄럽지 않아?"

"왜?"

"그거 배꼽도 드러나 있고… 치마도 너무 짧잖아."

"뭐 어때? 속바지 입는데. 너한테 엄청 잘 어울릴 것 같다. 입어볼래?"

한지윤이 손사래를 쳤다.

"아, 아니!"

"정 그러시면 너 혼자 입으시든가요~ 내친김에 그거 입고 무대에 서지 그러냐?"

"그럴까? 쿡쿡."

"그러시든가~ 아까 사장님 얼핏 보니까 치어리더 되게 눈여겨보시는 것 같던데. 혹시 모르지. 치어리더가 취향이신지도?"

김수영의 말에 한지윤은 흠칫 몸을 떨었다.

김수영은 잽싸게 의상을 들고 화장실로 뛰어가는 김채린을 보며 혀를 찼다.

"돌았군."

*          *          *

한화 이글스 홈구장 출구.

"앞으로도 자주 와요, 우리!"

"그건 안 돼."

"…치."

이지영이 입술을 삐죽 내밀었다.

현일은 박해찬이 강속구를 던질 때마다 연신 박수를 치며 환호하던 그녀의 모습이 떠올라 피식 웃었다.

옆에 서 있는 안시혁이 물었다.

"그런데 응원가는 한화 이글스로 끝인 거야?"

"다른 구단에서 의뢰가 온다면 받을 의향은 있어요."

"K리그나 다른 스포츠 종목은 어때?"

"글쎄요? K리그는 제법 구미가 당기지만, 음, 다른 스포츠는 팀 3D에게 맡길게요. 하하!"

"벌써부터 부담을 주는구나."

"어쩌겠어요? 사장님의 어명이신데 따라야죠, 뭐."

"하하하!"

"저기요!"

그렇게 농담을 주고받으며 차에 오르려 하는데, 누군가 현일일행을 부르는 소리가 들렸다.

뒤를 돌아보니 아까 전의 치어리더 중 한 명인 듯했다.

'눈에 띄던 아이네.'

어째선지 그녀의 낯이 현일의 눈에 익었다.

뭐가 그리 급한지 그녀는 복장도 그대로인 채 헐레벌떡 뛰어오고 있었다.

"마실래요?"

숨이 차는지 무릎을 부여잡고 가쁜 숨을 몰아쉬는 그녀에게 김성재가 물을 건네주었다.

"하아, 하아, 고마워요!"

"우릴 부르셨습니까?"

"네. 정확히는 작곡가님을요."

현일이 자신을 가리키며 물었다.

"저요?"

"네. GCM 엔터테인먼트의 작곡가 맞으시죠?"

"네. 무슨 일이시죠?"

그러자 그녀는 머리를 긁적이며 망설이다가 이윽고 입을 열었다.

"저… 저를 받아주시면 안 되나요?"

그에 현일은 그녀의 모습을 살폈다.


[안목 스킬 발동!]


―성아영.

—나이: 17

—직업: 치어리더

—가창력: 레어

—댄스: 레어

—인기: 일반

—퍼포먼스: 레어

—체력: 일반

—매력: 에픽

특이 사항: 유니크의 잠재력을 가지고 있음. SH 엔터테인먼트의 연습생에서 퇴출됨.


예전보다 보이는 항목이 많은 것 같았다.

'유니크의 잠재력이라……'

현일은 그녀의 항목을 보며 내심 감탄하면서도 한편으론 의아했다.

'요새 뜬금없이 스킬이 발동하네. 내가 안 써서 그런가?'

사실 현일은 가수들의 스탯(?)에 대해선 그리 신경 쓰지 않았다.

자신이 좋은 음악을 만들면 되기 때문이다.

하지만 이제는 생각이 달라졌다.

그녀를 보면서 턱을 짚고 다양한 표정 변화를 보여주는 현일의 모습에 성아영은 조마조마했다.

'…내가 모자란가? 엄청 열심히 했는데. 아니, 갑자기 붙잡고 뜬금없이 받아달라고 하면 나 같아도 안 된다고 할 거야. 내가

미쳤지, 미쳤어.'

그러나 그녀의 귀에 들려온 말은 뜻밖이었다.

그녀에게도, 팀 3D에게도.

"그럼 나중에 한번 따로 뵙죠."

"네, 죄송합… 네?!"

현일은 바지에서 울리는 전화기의 진동을 무시하며 그녀에게 명함을 건네주었다.

'잘 키우면 대박 스타로 거듭나겠군.'

무려 유니크의 잠재력이다.

적어도 현일은 황금 덩어리가 절로 굴러들어 오는데 박차 버릴 사람이 아니었다.

"가, 감사합니다! 정말 감사합니다!"

그녀는 연신 감사를 표하며 고개를 조아렸다.

"다음에 봬요."

"네! 감사합니다! 안녕히 가세요!"

'여기서 성아영을 보게 될 줄이야.'


                  *              *              *


차 안.

"무슨 생각으로 그러신 거예요?"

이지영이 놀랍다는 표정으로 물었다.

"뭐긴 뭐야. 스타성이 있으니까 그렇지."

안시혁이 끼어들었다.

"하긴, 기막히게 예쁘긴 하더라. 춤도 잘 추던데? 성재 네 생각은 어때?"

"난 그때 화장실 가서……."

"시혁 오빠는 조용히 해봐요. 현일 오빠."

"응?"

"오디션이라도 봐야 하는 거 아니에요?"

"왜 그리 호들갑이야? 아직 뽑겠다고 한 것도 아닌데."

"오빠가 얼굴에 해까닥 넘어가서 그럴까 봐 걱정돼서 그렇죠."

"음, 확실히 예쁘긴 했지."

그러나 현일은 성아영을 뽑겠다고 이미 마음속으로 결정을 내렸다.

다른 이유는 없었다.

'성아영은 분명 전생에서 대스타였어.'

10만 관객을 앉혀놓고 무대 위에서 자신의 오러 포스를 내뿜는 '스테이지의 여신'이었다.

하지만 이해가 안 가는 건 왜 그런 그녀가 구장에서 치어리더를 하고 있느냐는 것이다.

'SH에서 퇴출이라……'

현일의 기억 속에서 그녀는 연습생 시절부터 SH 소속 가수였고, 그녀에게 자신은 노래를 준 적도 있었다.

'미래가 바뀐 건가?'

물론 그 정도는 염두에 두고 있었다.

자신의 행동이 어떤 식으로든 미래를 바꾸리라고.

"뭐라고 말 좀 해봐요."

"우리 회사 소속 가수가 매출에 비해 너무 적긴 해. 어차피 계속 뽑아야 돼."

"그러다가 여기저기서 우르르 몰려와서 '저도 뽑아주세요!' 하면 뽑아주시려고요?"

"아니. 난 가능성을 본 거지."

"그걸 척 보면 알아요?"

"보면 알겠지."

"……?"

현일은 더 이상 질문을 안 받겠다는 듯 누워 있던 몸을 반대쪽으로 돌렸다.

그리고 김채린이 보낸 메시지를 열었다.

대화창엔 '저 어때요?'라는 말과 함께 치어리더 의상을 입고 다양한 포즈를 취한 그녀의 사진이 담겨 있었다.

처음엔 다소 수줍게.

그러나 다음 사진으로 넘어갈수록 더욱 뇌쇄적인 그녀의 모습이 마치 옛날 군대에서 보던 'MAXIM' 잡지를 연상케 했다.

─잘 어울려.

답장은 곧바로 왔다.

─그럼 더 보내 드릴까요? ㅎㅎ

─괜찮아.

현일의 답장에도 불구하고 김채린은 다시 몇 장의 사진을 더 보내왔다.

이번엔 뒷모습이었는데 쭉 뻗은 다리와 속바지를 아슬아슬하게 가리고 있는 치마가 매우 관능적인 미를 뿜냈다.

―예쁘죠?

―응.

―정말로요?

―응.

―어디가 예쁜데요?

―글쎄.

―ㅎㅎ, 뭐 하고 있었어요?

―자려고.

―자고 일어나면 뭐 할 거예요?

―일해야지.

―무리하지 마시고 쉬어가면서 해요~ 제가 맛있는 거 드릴게요~

그러더니 별안간 기프티 콘으로 편의점에서 먹을 만한 것들을 이것저것 보내오기 시작했다.

빵, 샌드위치, 커피 등등.

'기특한 녀석.'

현일이 흐뭇한 미소를 짓자 이지영이 호기심 가득한 얼굴로 물었다.

"뭐가 그리 재밌어요?"

"아무것도 아냐."

*      *      *

경기를 지켜본 김승언은 얼굴 가득 만족한 미소를 머금었다.

"이야~ 7 : 0 완승이라니! 이거 얼마만의 쾌거인지 모르겠군요."

"그러게 말입니다. 2013 시즌 우승은 따놓은 당상입니다."

한화 이글스의 감독이 화답했다.

"그래도 방심은 금물이지요."

"예. 제가 이번 승리에 도취하면 안 된다고 단단히 일러두겠습니다."

김승언이 두리번거리며 물었다.

"아, 그나저나 그 작곡가는 어디 갔습니까?"

"GCM 작곡가요? 우리 응원가를 만들었다는 그분?"

"네. 오늘 경기 보러 온다고 들었는데요."

"모르겠습니다. 이미 나간 것 같은데요."

"이런."

"왜 그러시죠?"

"오늘 승리의 일등 공신께 식사라도 대접하려 했는데 말입니다."

─고객님이 전화를 받을 수 없어…….

김승언은 그렇게 말하며 현일에게 전화를 걸었는데 신호음이 울리더니 ARS 음성으로 넘어갔다.

그는 나중에라도 다시 전화를 해볼까 생각했지만 이내 고개를 저었다.

'뭐, 언젠가 다시 만날 기회가 있겠지.'

아쉬움을 묻어두고 김승언은 자신의 형과 술잔을 기울였다.

불판 위에서 막창이 노릇하게 구워지고 있다.

김승언의 형인 한화 이글스의 대표이사 김승찬이 동생의 잔에 술을 따라주며 입을 열었다.

"선수들이 정말 잘하더라. 나는 웬 메이저리그 선수들이 여기에 왔나 했다니까. 앞으로도 그렇게만 해주면 좋을 텐데……."

비록 친선경기였지만 오늘만큼은 올림픽 국가대표 같은 투기를 보여준 선수들이다.

근 감독마저도 게임에 임하는 선수들의 눈빛을 보고 흠칫 놀랐다고 했다.

"대체 어떻게 한 걸까? 스테로이드라도 빨고 온 것도 아니고. 하하하! 특히 해찬이가 164를 던졌을 땐 당장 하던 일 내려놓고 경기에 몰두했다니까. 이야~ 세상에 어떤 투수가 내일모레 은퇴 앞두고 신기록을 갱신한다냐? 진짜 해찬이 걔는 뭘 해도 될 놈이야."

그러나 정작 가장 의문스러운 건 선수 본인들이라는 것을 그는 알까.

"내 생각엔… 아마도 응원가에 뭔가 있는 게 아닌가 싶다."

김승찬의 농담에 김승언이 조심스럽게 대답했다.

"노래가?"

"그래. 내가 선수들의 스케줄을 훑어봤는데 전이랑 별로 달라진 게 없었어. 훈련 영상도 모니터링했는데 다른 날보다 특별히 열심히 한 것도 아니고. 해서, 평소의 경기 때랑 달라진 게 뭔가 곰곰이 생각해 봤지."

"그래서?"

"달라진 건 딱 하나밖에 없어. 응원가야."

"그냥 홈구장이라서 그런 거 아냐?"

확실히 홈구장에서 경기를 하면 홈팀에게 유리한 면이 있다.

어웨이 팀이 대전으로 움직이면서 피로가 쌓이는 동안, 홈팀은 컨디션을 보존할 수 있기 때문이다.

홈팀이 대체로 좋은 결과를 낸다는 통계도 있었다.

그러나 김승언은 고개를 가로저었다.

"그래도 그렇지, 박해찬 선수가 164를 던졌다는 건 아무리 생각해도 말이 안 돼."

"그럼 고작 노래 하나 달라졌다고 164를 던지는 건 말이 되고?"

그렇게 반박당하니 김승언도 말문이 막혔다.

"그렇긴 하지."

"실없는 소리는 그만두고, 아까 할 말 있다며? 그거나 얘기해 봐."

"그거 말인데, 형도 응원가가 좋다는 건 동의하지?"

"당연하지. 그거 보니까 뉴스 기사 뜨고 난리도 아니더만. 난이미 벨소리로 지정해 놨다. 하하하! 심지어 다른 구단에서도 그노래 쓰겠다고 아우성이야."

"그래?"

"응. 독점 계약이라고 죄다 퇴짜 놨지. 너 독점 계약한 건 진짜 신의 한 수였어. 그건 인정할 만하다. 엄청 팔릴 것 같던데?"

한화 이글스의 응원가는 구장에서 공연한 것이 최초 공개였다.

아직 음악을 발표한 지 하루도 지나지 않았는데 김승찬 대표이사에게도 연락이 들어갔을 정도이니 음악의 인기가 실로 얼마나 대단한지 알 수 있었다.

"근데 거기서 살짝 문제가 생겼어."

"뭐가?"

"SH 엔터테인먼트 알지?"

"그 유은영 회사?"

아무래도 유은영은 사람들의 머릿속에서 쉽사리 잊히지 않을 모양이다.

한창 스타로 떠오르던 가수가 한순간에 어디까지 몰락할 수 있는지를 가르쳐 준 사건이었으니까.

최후엔 정신병원에 수감되기까지 했으니 말 다한 거다.

김승언이 고개를 끄덕였다.

"어. 응원가를 만든 회사가 GCM인데, SH에서 GCM 노래를 수박 플랫폼에 못 올라가게 하고 있어. 그걸 형이 좀 해결해 줬으면 해서."

물론 김승언이 현일에게 구단주에게 연락하겠다고 말했지만, 구단주는 한화그룹의 회장이다.

그만한 사람이 일개 연예 기획사 때문에 움직일 수는 없는 노릇인 데다 한화 이글스의 대표이사라는 직위도 중소기업의 입장에선 사장 이상의 무언가나 마찬가지였다.

김승언의 말에 김승찬이 피식 웃었다.

"큭, 연예 기획사 간에도 그런 일이 있나 보군."

"사업이란 게 다 그렇지, 뭐. 하여튼 해결해 줄 수 있겠지?"

"당연하지. 내 전화 한 통이면 꼼짝 못할 거다."

"고마워."

"고맙기는, 우리 회사 이익이랑 직결되는 문젠데 네가 말 안 했어도 내가 했을 거다."

쨍!

둘은 술잔을 부딪쳤다.


＊　　　　　　＊　　　　　　＊


맥시드의 차 안.

김채린은 질끈 눈을 감았다.

조마조마한 마음으로 전송 버튼을 터치했다.

'결국 보내고 말았어! 어떡해!'

**―내 꿈 꿔요~♡**

쿵쾅거리는 소녀의 심장은 마치 터져 버릴 것처럼 강렬하게 뛰었다.

한편으론 조금이라도 자신의 마음이 전해진 것 같아 뿌듯했다.

김수영은 '꺄아!' 하면서 몸부림치는 김채린을 보며 혀를 찼다.

부스럭.

"지윤아, 그거 뭐야?"

민유림이 종이 가방을 끌어안고 있는 한지윤을 보며 물었다.

"아, 아무것도 아냐!"

화들짝 놀라는 그녀를 수상하게 여기며 김수영이 장난스럽게 종이 가방을 끌어당겼다.

"무슨 대단한 거 숨겨놓은 거야? 나도 줘!"

"아, 안 돼!"

"에잇!"

"안 된다니까!"

"김수영, 그만해. 너 또 지윤이 울리려고 그래?"

"내, 내가 뭘?!"

"그리고 한지윤 너도 그 성격 좀 고쳐야 돼."

"응, 미안……."

"왜 네가 사과를 해?"

"…고칠게."

한지윤은 항상 카메라가 따라다녀야겠다는 현일의 말을 떠올렸다.

그녀는 혹시 이러한 자신의 성격을 마음에 안 들어할까 봐 두려워졌다.

한편으로는 적극적으로 메시지를 날리는 김채린이 부럽기도 했다.

"근데 지윤아."

"응?"

"진짜 그거 뭐야? 나도 궁금하긴 하네."

그럴수록 한지윤은 종이 가방을 더욱 강하게 끌어안았다.

누구에게도 빼앗기지 않겠다는 듯이.

"비밀이야."

"너 너무 비밀이 많은 거 아냐? 우린 맥시드잖아."

"제발……."

이윽고 울먹이기 시작하는 한지윤이다.

민유림은 결국 두 손을 들었다.

"에휴."

*       *       *

SH 엔터테인먼트.

"꿀꺽!"

이성호는 마이드린 세 알을 목으로 넘겼다.

'이젠 타이레놀도 안 듣는군. 젠장.'

계속된 회사의 재정 악화로 인해 유망주이던 연습생도 상당수를 잘라내야 했다.

비록 연습생 선발 오디션이 상당히 짜인 각본이라곤 해도 분명히 실력을 인정받고 연습생으로 들어온 이들도 있었다.

하지만 내쳐지는 것은 순순하게 실력으로 들어온 아이들.

인맥으로 들어온 사람을 퇴출시킬 수는 없었다.

투자자, 여러 회사의 임원진 등등.

이처럼 이성호의 골머리를 썩게 하는 것은 비단 수박이나 GCM뿐만이 아니었다.

똑똑.

"사장님."

"들어오게."

"한화 이글스의 김승찬 대표이사께서 사장님을 뵙고 싶다고 하십니다."

"뭐?"

비서의 보고에 별안간 이성호의 눈썹이 꿈틀거렸다.

그는 황당해해야 할지 당황해야 할지도 모른 채 물었다.

"야구 구단에서 갑자기 나를 왜 찾아? 응원가 의뢰라도 하려는 건가?"

"죄송합니다. 저도 잘 모르겠습니다."

"아니, 괜찮네."

이성호는 혹시 응원가라도 의뢰하려는 것일까 생각했지만 이내 고개를 저었다.

자신은 이미 작곡에서 손을 떼었고, SH 소속의 작곡가들은 지금 있는 가수들의 노래를 만드는 데만도 힘들어하는 실정이다.

"뭐라고 할까요?"

"일단 알겠다고 전하고 언제 만날지 약속을 잡아. 이번 주는 안 된다고 해."

그에 비서는 주저하다가 이윽고 입을 열었다.

"그… 사실은… 이미 회사 앞에 와 있습니다."

"뭐?"

"아까 전부터 사장님을 보자고 보채고 있습니다."

이성호는 이맛살을 찌푸렸다.

갑자기 와서 보자고 하는 걸 보면 절대 좋은 일로 만나자고 하는 건 아닐 것이다.

'한데 대체 한화에서 왜……?'

이성호는 이유라도 알고 싶어졌다.

"들어오라고 해."

"예."

잠시 후, 김승찬 대표이사가 경호원 두 명을 대동하고 이성호의 집무실로 들어섰다.

집무실의 주인과 아직 인사도 안 했건만 아무런 거리낌도 없이 소파에 앉는 김승찬이다.

이성호는 그런 김승찬의 태도에 차가운 시선을 던지며 인사를 건넸다.

"반갑습니다. SH 엔터테인먼트의 대표이사 이성호입니다."

"한화 이글스 구단의 대표이사인 김승찬입니다."

"솔직히 이해가 안 가는군요. 그런 곳에서 왜 저를 찾아왔는지 말입니다."

"정말로 모르십니까?"

김승찬의 추궁에 이성호는 기억을 되짚어보았지만, 도무지 무슨 영문인지 떠오르지 않았다.

"모르겠습니다."

"GCM 엔터테인먼트의 노래가 수박 플랫폼에 들어가질 않더군요."

"......!"

이성호는 자못 놀란 표정을 지었다.

그걸 김승찬이 어떻게 알고 있는지는 둘째 치고서라도 그게 한화 이글스와 무슨 상관이란 말인가.

한화그룹이 깨끗한 사업 문화 캠페인이라도 벌이고 있지 않은 이상, 이 문제는 한화와 조금의 연관성도 없어 보였다.

"SH 엔터가 배후에 있다는 거 알고 있습니다. 당장 중단하세요."

"하하하, 어디서 그런 유언비어를 들으셨는지는 몰라도 우린 그런 적이 없습니다. 백번 양보해서 우리가 그랬다고 쳐도 그게 김 대표님과 무슨 상관인지 모르겠습니다만."

"GCM 엔터에서 한화 이글스 구단의 응원가를 작곡했습니다. 큰맘 먹고 한 계약인데, 그걸 팔 수가 없으면 우리 회사에 손해가 크겠죠?"

이성호의 눈동자가 크게 떨렸다.

# Chapter 5
차가운 바람이 부는군

"그래서 뭘 어쩌라는 겁니까?"

"지금이라도 그만두시면 아무 일도 없을 겁니다."

"하 참, 생사람을 잡아도 유분수지. 전 모르는 일이라 하지 않았습니까? 크흠!"

"그렇게 나오신다면 저희도 방법이 있습니다."

끝까지 오리발을 내미는 이성호를 위해 김승찬이 경호원에게 무언가를 가져오라고 지시했다.

"여기 있습니다."

건네받은 서류를 뒤적이던 김승찬이 이내 이성호를 흘깃거리며 입을 열었다.

"10년 전쯤에."

아직 별말 하지도 않았는데 이성호의 눈동자가 다시 한 번 떨렸다.

10년 전에 과연 무슨 일이 있었던 것일까.

김승찬이 말을 이었다.

"날아라 레코드랑 참 재밌는 일을 하셨더군요."

이성호는 초조해졌다.

'어떻게……. 그때 일을 아는 사람은 얼마 없을 텐데… 설마 차 사장이?'

조금만 더 시간이 지났다면 공소시효가 끝날 일이다.

'그냥 GCM 그 애송이 회사에 경고 좀 주려고 했을 뿐인데… 이런 거물을 끌고 올 줄이야. 내가 너무 안이했군.'

이렇게 그 일을 파헤치는 사람이 떡하니 나타날 거라곤 상상도 못한 이성호였다.

"분명 깨끗하게 처리했을 거라 생각하셨겠지만 한화그룹의 저력을 무시하시면 큰코다치십니다. 꼭 우리 회사가 아니더라도 웬만한 대기업이라면 조금만 시간을 투자해도 다 알 수 있는 정보예요."

"으음……."

"이래도 발뺌하실 셈입니까?

"……."

"날아라 레코드와의 모종의 관계가 세상에 탄로 나도 대중들이 SH 엔터테인먼트를 찾을까요? 아니, 날아라 레코드를 우리가 인수할 수도 있습니다. 아예 로열 더 케이를 인수하는 방법도 있죠. 우리 입장에서는 전혀 손해 볼 게 없으니까요."

사실 손해를 볼 수도 있었다.

만약 확실하게 이익이 보장된다면 진즉에 샀을 테니까.

다만 김승찬이 이렇게 말을 한 것은 일종의 경고였다.

"흥, 거 잠깐 비즈니스 좀 한 걸 가지고 그러십니까? 까짓것, 다시 올리라고 하면 되는 거 아닙니까!"

이성호가 적반하장을 시작했지만, 김승찬도 만만치 않은 상대였다.

"아니죠. 그걸로 끝이 아닙니다."

"그건 또 무슨 소리요?!"

"협상을 하셔야죠."

"당신네 회사가 우리한테 얻어갈 게 뭐가 있다고 그러시는 겁니까?"

"우리가 아니라 GCM과 협상을 하라는 겁니다. 설마 이 일이 언론에 퍼져 나가는 것을 원하지는 않겠죠?"

"…내가 지시했다는 확실한 증거라도 있는 말투로군요."

"지금의 대화는 전부 녹음되고 있습니다."

"……!"

"사이좋게 합의하시면 GCM 작곡가님께도 좋게 넘어가자고 전해드리겠습니다."

김승찬의 입꼬리가 올라갔다.

"아, 물론 SH와 동조한 다른 기획사도 마찬가집니다."

\*　　　　　\*　　　　　\*

GCM 작업실.

"캐치볼 하실래요?"

요즘 따라 야구에 맛이 든 이지영이 야구공과 글러브 두 개를 들고 흔들어댄다.

"아까 했잖아."

현일도 재밌는 건 사실이기에 몇 번 응해줬더니 그녀가 캐치볼을 하자고 보채는 일이 잦아졌다.

"오빠는 아침 먹었다고 점심 안 먹나요?"

"시혁이 형이나 성재 형한테 하자고 하면 되잖아."

"그 오빠들은 안 놀아준단 말이에요."

"지금 할 일이 생겨서 그래."

"치, 또 무슨 일인데요?"

"협상."

"……?"

어리둥절해하는 그녀에게 현일이 친절히 설명해 주었다.

"방금 전화 왔거든. 이성호 사장이 다 실토했어. GCM 노래가 수박에 못 들어가게 해서 미안하다고."

"역시 그 인간이 범인이군요?"

크게 분노하는 이지영이다.

그럴 만도 했다.

SH에서 핍박받던 기억은 그녀에게도 있었으니까.

"아주 뜯어먹을 수 있는 건 다 뜯어먹고 와야 해요!"

안 그래도 그럴 참이다.

"아니, 이성호 사장이 여기로 올 거야. 우리 회사가 얼마나 커졌는지 구경 좀 시켜줘야지."

이미 SH의 사옥은 실컷 구경했다.

이성호가 예전에 한 번 GCM 건물에 오긴 했지만, 그때와는 규모 자체가 다르다.

건물 하나를 통째로 산 데다 아직 비어 있는 층도 있었다.

그 비어 있는 층은 음원 유통 플랫폼을 준비할 때 프로그래머들의 사무실이 될 공간으로 마련해 놓았다.

현일은 이성호와 기타 등등이 올 때를 대비해 '설득의 음악'을 준비했다.

'뭔가 뇌파 비슷한 걸로 만들 수는 없을까?'

지금 생각하니 '설득의 음악'이 음악이라는 게 아쉬웠다.

그걸 쓰려면 일단 음악을 들어야 하기 때문이다.

흔히 집중력을 향상시켜 준다는 백색소음처럼 상대방이 인식하지 못하는 새에 음악의 효과를 파고들게 할 수 있다면 더할 나위가 없다.

'제법 좋은 상품이 되겠는데.'

현일은 썩 괜찮은 아이디어가 떠올랐다.

'일단 그건 나중에 생각하기로 하고.'

이내 상념을 털어내고 도착한 이성호와 기타 등등을 맞아주었다.

"오랜만입니다."

"…오랜만이오."

현일은 이성호의 주위를 살폈지만, 아무리 봐도 온 사람은 이성호 한 명뿐이었다.

"올 사람이 더 있지 않나요?"

"내가 대표로 왔습니다. 그 바쁜 양반들을 꼭 죄다 불러야 됩니까?"

그렇게 되묻는 이성호의 말투에는 명백히 가시가 돋아나 있었다.

현일은 어깨를 으쓱해 보였다.

"상관없습니다."

"길게 끌 것 없이 바로 말하겠습니다. 먼저, 수박에는 곧 당신네 회사의 곡이 정상적으로 올라갈 겁니다."

"그리고요?"

"앞으로 3개월간 GCM이 수박에서 프로모션을 할 때 들어가는 비용을 우리 쪽에서 지불하게 될 겁니다."

우리 쪽이라 함은 SH와 SH에게 동조한 기타 등등을 일컫는 것이리라.

"그리고요?"

"…마찬가지로 3개월간 GCM이 프로모션이나 이벤트를 진행하는 데 있어서 우리 쪽보다 우선권을 가지게 될 겁니다."

"그리고요?"

"…최근 수박에서 일주일 동안 정산된 내역을 보여주십시오."

"왜죠?"

"노래가 내려가 있는 기간이 약 일주일, 그러니까 평소 일주일 정산 금액의 세 배를 보상하겠습니다."

대체 한화 이글스에게서 무슨 말을 들은 걸까? 아니면 예전처럼 소송까지 끌고 가기 귀찮은 것일까?

이성호는 현일이 구태여 손쓸 필요도 없이 두 손 두 발 다 들고 시작했다.

"열 배!"

"……?"

두 쌍의 눈이 동시에 목소리의 근원지를 찾았다.

그러자 미간에 주름을 잡으며 이를 악물고 있는 이지영이 보였다.

이성호의 눈매가 가늘어졌다.

'팀 3D… 우리 회사에서 도망치더니……'

그녀는 별안간 이쪽으로 다가오더니 손바닥을 내밀었다.

"열 배로 내놔요!"

"그건 너무 많다. 요즘 재정… 큼! 아무리 SH가 1등 기획사라고 해도 부담되는 건 사실이다."

"그럼 부담되라고 벌을 받는 거지, 좋으라고 벌을 받아요?"

"그러면 나도 할 말이 없지. 그냥 법정으로 가는 수밖에."

현일은 복수심에 불타올랐다.

오랜만에 보는 이성호의 얼굴이니 말이다.

'한화 이글스에서 무슨 수를 썼는지는 몰라도 솔직히 법정에 가서 이겨봤자 이 이상 배상 받기는 힘들다.'

그러나 현일은 여기선 한 발 물러나기로 했다. 마음 같아선 당장에라도 무릎부터 꿇리고 싶지만 실리를 챙기기로 했다.

실리가 곧 복수니까.

'이 보 전진을 위한 일 보 후퇴다.'

애초에 열 배는 기대도 안 했고, 당장 큰돈이 필요한 것도 아니다.

물론 돈이야 많으면 많을수록 좋은 것이지만.

"하지만 제 생각에도 세 배는 적습니다. 한 달도 아니고 일주일치 아닙니까? 깔끔하게 다섯 배로 합의 봅시다."

"흠……."

"제 입으로 일등 기획사라고 하셨으면 그에 걸맞은 배포를 보여주시죠, 이성호 사장님. 까놓고 말해서 SH 엔터 혼자서 배상하는 것도 아니잖습니까?"

고민하던 이성호의 머릿속에 현일이 불을 질렀다.

"좋습니다."

현일은 속으로 함박웃음을 지었다.

'걸려들었어. 후후후.'

그도 그럴 것이, 말이 일주일이지 최근 일주일의 정산금은 지난 달 총 정산금과 맞먹을 정도이다.

무엇보다 이성호는 GCM의 음원 판매량을 얕보고 있었다.

보상해 줘야 되는 금액이 얼마나 되는지 알고 나면 놀라 뒤집어질 게 분명했다.

이성호는 제 손으로 자신의 무덤을 판 것이나 마찬가지였다.

"무슨 소릴 하는 거예요! 받은 만큼 되갚아줘야죠! 아니, 이건 준 만큼 되갚는 건가? 아! 하여튼 열 배가 아니면 절대… 읍읍!"

물론 그런 현일의 심산을 모르는 이지영은 그렇게 생각하지 않았다.

만약 설득의 음악이 유니크 등급이었으면 열 배도 가능했을지 모르지만.

"너 진짜……! 이리 와!"

결국 보다 못한 안시혁이 그녀를 끌고 갔다.

이성호는 그들을 보며 눈살을 찌푸렸다.

"가관이군."

"적어도 그쪽 회사에 있을 때보다는 훨씬 더 쾌활해 보이지 않습니까?"

"꼭 우리 회사에 있어본 것처럼 말하시는군요."

"글쎄요. 어떨까요?"

현일은 그렇게 말하며 입꼬리를 올렸다.

그에 이성호는 머릿속이 복잡해졌다.

"……?"

"어쨌든 피해 보상은 그게 답니까?"

"하나 더 있습니다. 원하는 걸 말씀하시면 가능한 한도 내에서 수용하겠습니다."

현일은 고민할 필요도 없다는 듯 즉각 대답을 내놓았다.

"조만간 음원 유통 플랫폼을 하나 차릴 생각입니다. 그 사이트에 음원을 독점 공급하겠다는 계약서를 쓰고 싶은데요."

"…진심이요?"

이성호가 눈을 휘둥그레 뜨고 물었다.

현일은 즉각 고개를 끄덕였다.

"저 헛소리 안 하는 사람입니다."

"그 사업이 얼마나 힘든지는 알고 하는 말씀인지 모르겠군요."

SH도 한때 날아라 레코드와 합심하여 플랫폼 사업을 진행한 적이 있다.

물론 수박의 굳건함에 얼마 못 버티고 큰돈을 잃은 뼈아픈 기억이고, 지금은 SH 엔터의 홈페이지로 바뀌었다.

"그것도 압니다."

총알은 준비되어 있다.

남은 건 장전하고 발사하는 일뿐.

'아니, 내가 신경 쓸 필요는 없지. GCM이 쓸데없이 손댔다가 망하면 나로서는 잘된 일이다.'

이성호는 고개를 저었다.

"하지만 독점 공급은 현실적으로도, 원리적으로도 힘듭니다. 솔직히 말해서 그 사이트가 잘될 거라는 보장도 없고 이미 여러 사이트와 계약이 되어 있는 상탭니다."

"그럼 일반 공급으로 계약하시죠. 다른 기획사도 마찬가지고요. 그건 가능하겠죠?"

"알겠습니다."

"참고로 이건 미리 알려 드려야겠네요. 우리 사이트는 한 곡당 500원에 팔 겁니다. 그리고 실질적 저작권자에게 최소 30%의 비율이 정산될 겁니다."

"그건 납득할 수 없습니다."

"물론 아직은 그렇겠죠. 그러니까 돌아가시면서 차분히 생각해 보면 되겠네요."

둘은 얘기하는 동안 계속 현관문 앞에 서 있었다.

현일은 얼른 현관문을 열어주며 말을 이었다.

"자, 얼른 나가십쇼. 계약 얘기는 나중에 다시 합시다."

"…다시 볼 일이 없으면 좋을 텐데 말입니다."

"저도 그렇습니다."

                    *               *               *

  점점 추워지는 날씨.

  날이 갈수록 공기는 차갑고 바람은 세지며 피부는 건조해져
갔다.

  "윽, 입술 텄잖아. 젠장."

  김수영은 입술을 엄지로 슬쩍 훔치자 묻어나오는 피를 보며
아이돌답지 않은 거친 언사를 내뱉었다.

  "이놈의 날씨는 갑자기 왜 이렇게 추워? 얼어 뒈지겠네. 썅."

  다른 멤버보다 일찍 스케줄이 끝난 김수영은 얼른 뜨뜻한 히
터가 나오는 연습실에 드러누워 군것질할 상상에 행복해졌다.

  그러나 팔을 부여잡고 마찰열을 일으키는 그녀의 눈에 여기
서 만날 거라곤 상상도 못한 인물이 들어왔다.

  "사, 사장님······?"

  둘의 눈이 마주쳤다.

  "···김수영."

  "사, 사장님이 여긴··· 무슨 일이에요?"

  "SH에서 도망쳐 여기로 와서 꽤 잘 먹고 잘사는 것 같더군."

  "그, 그게 사장님이랑 무슨 상관이에요? 그리고 도망치다니요?
SH가 저를 버린 거죠! GCM이 훨씬 잘해주거든요?"

  "그럼 SH가 더 잘해준다면 돌아올 건가?"

  "돼, 됐거든요!"

  이성호는 씨익 입가에 호선을 그렸다.

김수영은 맥시드의 다른 멤버에 비해 다소 속물적인 기질이 있었다.

그도 그럴 것이, 김수영이 다니던 학교에서 그녀는 소위 '날라리'로 불렸으니까.

"싫은가? 지금 GCM 엔터에서 받는 돈의 두 배로 벌게 해주지."

"제가 그걸 어떻게 믿어요?"

"뭣하면 지금 당장 계약서 쓸 수도 있는데?"

"이미 GCM이랑 계약한 지 오랜데요?"

"파기하면 되지."

"위약금은요?"

"투자라고 생각하지."

"됐거든요."

"흠, 어떻게 되나 두고 보자고."

이성호는 그 말을 끝으로 발걸음을 옮겼다.

'어떻게 되긴, 세계 제일 슈퍼스타가 될 거거든요?'

김수영은 이성호의 뒤를 적의 가득한 시선으로 노려보았다.

만약 김수영이 데뷔 초에 이성호가 다가왔다면 김수영은 혹했을지도 모른다.

하지만 이미 맥시드는 GCM 덕분에 국내 원 톱 아이돌 그룹이 되어 있었다.

현일은 창문 밖으로 둘을 내려다보며 흐뭇한 미소를 지었다.


[안목 스킬에 '충성도' 항목이 개방됩니다.]

[김수영의 GCM 엔터테인먼트에 대한 충성도가 일반에서 레어로 상승합니다.]


'그렇게 잘해줬는데 일반이었다니.'

아무래도 채찍과 당근을 골고루 줘야 할 것 같았다.

하여튼 사옥으로 들어서는 김수영에게 누군가가 인사를 건넸다.

"안녕하세요!"

"네, 네? 안녕하세요."

"맥시드의 김수영 맞으시죠?"

'어디 아이돌 가수인가?'

김수영은 눈앞의 여자를 훑어봤다.

그녀가 그렇게 착각할 정도로 쭉 뻗은 다리와 몸매는 S라인, 얼굴은 V라인의 미녀였다.

전형적인 아이돌다운 아름다움이라고 할 만했다.

김수영이 질투심을 느낄 정도이다.

"맞는데요? 누구세요?"

그러자 여자는 허리를 90도로 굽혔다.

"성아영이라고 해요. 저 진짜 팬이에요!"

"아, 하하하, 고마워요."

"저기… 사인해 주시면 안 돼요?"

흔쾌히 사인을 해주자 성아영은 뛸 듯이 기뻐했다.

"팬인 건 고맙지만, 회사 앞에서 가수들 기다리고 그러면 안 돼요."

김수영의 꾸짖음에 성아영은 자신의 본분이 떠올랐다.

"아, 그게 아니라 여기 오디션 보러 왔어요."

"…네? 오디션이요? 그런 거 연다고 들은 적이 없는데요."

"아니요. 공개 오디션은 아니고… 캐스팅이라고 할까요? 하여튼 개인 오디션이에요."

"흐음, 누가 캐스팅했는데요?"

그러자 성아영은 대전에서 있었던 일을 얘기해 주었다.

김수영은 고개를 끄덕이며 성아영을 다시 머리부터 발끝까지 훑어봤다.

하긴 캐스팅될 만한 재목이긴 했다.

그 점이 그녀의 질투심에 불을 지폈다.

사실은 성아영이 현일에게 부탁한 거였지만.

"몇 살이에요?"

"열일곱 살이에요."

"그럼 내가 언니네? 만약 네가 붙으면 선배고. 오디션이 오늘이야?"

김수영은 자연스럽게 말을 놨다.

"네. 곧 있으면 오디션 볼 시간이에요. 잘 부탁드립니다, 선배님!"

"아직 안 붙었잖아."

"아, 네, 언니!"

"따라와."

"네!"

둘은 현일의 작업실을 찾아갔다.

똑똑.

"저예요, 김수영."

"들어와."

"안녕하세요."

현일이 성아영을 보며 반색했다.

"어, 왔구나. 기다리고 있었어."

"네!"

"수영이 넌 연습하러 가고."

"네."

"이름이 성아영이라고 했나?"

"네!"

싱글벙글한 그녀는 매우 활기차 보였다.

물론 겉만 보면 그렇지만 내면은 달랐다.

"춤추는 거 봤어. 꽤 잘하던데."

"그런가요?"

"음."

"헤헤, 고맙습니다."

"일단 노래부터 들어보자."

현일은 그녀를 연습실로 데려갔다.

"왜 그렇게 얼굴이 굳어 있어?"

"아, 죄송해요."

"죄송하긴, 열심히 하면 되지."

현일이 웃어주었다.

'좋은 사람인 것 같아서 다행이다.'

움츠려 있던 그녀의 어깨가 퍼졌다.

"이하연 언니의 노래를 준비했어요."

"그래, 해봐."

성아영은 Sunrain을 부르기 시작했다.

하지만 노래가 시작되자마자 그녀는 박자를 놓쳤다.

"앗! 죄송해요. 다시 할게요."

그녀는 아랫입술을 질끈 깨물었다.

그러나 그녀에게서 보이는 그래프엔 간간이 붉은색이 그려졌다.

'흠, Sunrain의 등급은 레어, 성아영의 가창력도 레어다. 뭐가 부족한 거지?'

현일이 의아해할수록 성아영은 초조했다.

'어떻게 얻은 기회인데… 놓치면 안 돼.'

현일은 노래를 중지했다.

"그만."

"흡!"

"왜 그렇게 주눅이 들어 있어?"

성아영의 노래에는 초조함과 불안함이 담겨 있었다.

그게 문제였다.

일반인이 들으면 그저 노래를 잘한다고 생각하겠지만, 이래서는 Sunrain의 감성을 담아낼 수가 없다.

감정을 담아내지 못하면 청취자에게 감동을 줄 수 없고 노래는 쉽게 질려 버린다.

"죄송해요. 다시 할게요."

"아니, 잠깐 얘기 좀 하자. 여기 앉아봐."

"네……."

"솔직히 네가 날 불렀을 때 좀 당황했어."

현일의 말에 성아영의 불안감은 더욱 커져갔다.

'역시 첫인상이 안 좋았나?'

혹시라도 떨어지는 건 아닐까.

노래를 너무 못 부른 게 아닐까.

역시 난 실력이 없는 걸까.

그런 생각이 들었다.

"…그렇군요. 죄송해요. 너무 갑작스러웠죠?"

"왜 그랬어?"

"사실… 전 SH의 연습생이었어요. 아이돌 가수가 되고 싶어서 엄청 열심히 했는데… 흑!"

성아영이 갑작스레 울먹이기 시작했다.

"울지 말고 천천히 얘기해 봐."

현일의 재촉에도 그녀는 머뭇거렸다.

퇴출된 이유를 말하기 주저하는 것 같았다.

"그게……."

"SH에서 퇴출된 거지?"

그러자 그녀의 눈이 커다래졌다.

이윽고 한숨을 내쉬더니 더는 숨길 것도 없다는 듯 입을 열었다.

"제 실력이 부족하다고 퇴출되었어요. 저 진짜 열심히 했는데… 역시 SH엔 너무 쟁쟁한 실력자들이 많은가 봐요."

그녀는 그 말을 끝으로 고개를 푹 떨구었다.

"그래서 나한테 부탁한 거야?"

"네."

"SH에서 퇴출됐다면서? 우리 회사는 만만해 보였어?"

"아니, 그게 아니라……. 죄송해요. 흐윽! 죄송해요. 흑흑!"

급기야 성아영의 눈가가 촉촉해지기 시작했다.

본인은 SH의 사정을 모르기에 그저 실력이 부족해서 퇴출된 걸로 알고 있기 때문이다.

'재정 악화가 원인이겠지.'

현일은 그녀에게 손수건을 건네주었다.

"치어리더가 된 건 어째서야? 울지 말고."

"캐스팅된 거예요. 회사에서 배운 게 노래랑 춤밖에 없으니까 먹고살려면 그거라도 해야 했어요."

"학교는?"

"저야 당연히 고등학교에 진학하려 했는데 회사에서 가지 말라고 그랬어요."

어찌 된 일인지 사정을 알 것 같았다.

초, 중학생들을 연습생으로 끌어들여서 안 되면 버리고 유망주는 고등학교를 못 다니게 만든다.

그런 다음 '넌 이제 이거 아니면 할 수 있는 게 없어', '다른 회사 가도 네 실력으론 안 받아줄걸' 따위의 말로 10년, 15년 노예 계약을 맺는 건 SH의 전형적인 수법이었다.

더군다나 연습생은 모두 어리니까 그 말에 쉽게 넘어간다.

즉 그녀는 지금 벼랑 끝에 몰려 있는 상황이나 다름없었다.

"연습생으로 들어간 건 언젠데?"

"작년 이맘쯤이에요."

현일은 새삼 감탄했다.

거의 1년 만에 만들어진 실력이 이 정도이기 때문이다.

물론 방금 전엔 스스로가 위축되어 있어서 제 실력이 안 나왔지만, 자신감만 회복되면 분명히 웬만한 아이돌 가수 못지않은 매력을 보여줄 수 있을 것이다.

꼬르륵.

"밥 안 먹었어?"

그녀가 얼굴을 붉혔다.

"네. 연습하느라 깜빡 잊고……."

"그래? 노력이 가상하네. 일단 밥부터 먹을까?"

"네!"

*　　　*　　　*

현일은 그녀와 밥을 먹고 종이 몇 장을 들이밀었다.

"…이게 뭐죠?"

"계약서지 뭐긴 뭐야."

"저, 정말인가요?"

밥을 먹으면서 이미 계약하자고 말했지만, 막상 현실로 다가오니 믿겨지지 않는 그녀였다.

"아이돌 가수가 되고 싶다며?"

"네. 하지만……."

현일은 손에 쥔 계약서를 흔들었다.

"자, 계약서는 꼼꼼히 읽어보고 서명해."

"네!"

점점 벌어진 입을 다물지 못하는 성아영이다.

계약서를 받아 들고 훑어보는 그녀의 얼굴에는 감격스럽다고 쓰여 있었다.

그녀가 조심스럽게 물었다.

"진짜 이 조건에 해주시는 거예요?"

"적혀 있는 그대로지."

"이런 조건은 처음 봐요!"

"SH 외에 다른 기획사 조건도 알아?"

"네, 선배들한테 어깨너머로 들었죠."

"다른 덴 어때?"

"BVS 미디어는 연습생 시절에 투자한 비용을 다 회수하면 그때부터 수익의 12%를 정산해 줘요. 로열 더 케이는 BVS 미디어보다는 적지만 대신 인센티브를 많이 준대요. SH는… 저한텐 0.6%에 전속 계약을 제시했어요. 인센티브도 일절 없어요. 물론 연예인마다 다르긴 하지만요."

"완전 도둑놈들이지."

"처음엔 원래 다 그런 줄 알았는데……."

"메이저 기획사는 다 비슷하다고 했겠지."

"맞아요."

"계약 기간은 몇 년 정도야?"

"음……."

그녀는 잠시 생각하더니 이내 손뼉을 마주치며 '아!' 하는 소리를 가볍게 내뱉었다.

그 모습이 절로 흐뭇한 미소가 지어질 정도로 귀여웠다.

"BVS 미디어는 7년, 로열 더 케이는 모르고, SH는 11년이었어요."

"완전히 노예 계약이네."

"네? 계약 기간이 길면 좋은 거 아니에요? 계속 회사에 남아 있을 수 있다는 거잖아요."

"중요한 건 계약 내용이지. 좋은 계약은 오래하면 좋지만, 0.6%를 13년이나 받는다고 생각해 봐."

"…아!"

"보통 7년이 표준 계약이야. 네가 스타가 되면 계약이 끝나는 날만 손꼽아 기다릴걸."

그녀가 고개를 갸웃거렸다.

"네? 어째서요?"

"그래야 더 좋은 조건으로 계약을 할 수 있으니까."

"그렇군요. 근데 그거 말해줘도 되는 거예요? 히히."

"뭐, 네가 크고 나면 떠나도 괜찮아. 난 가는 사람 안 잡으니까. 그래도 서운하겠지. 나도 사람이니까."

그녀가 고개를 저었다.

"아니요. 전 절대로 안 떠날 거예요. 13년으로 해주세요."

"진심이야? 후회할지도 몰라."

현일은 짐짓 인상을 굳혔다.

그녀가 세차게 고개를 끄덕였다.

"정말이에요. 그리고 작곡가님이 후회하지 않게 해주실 거라 믿어요."

"겨우 얼굴 두 번 봤을 뿐인데?"

"GCM 엔터테인먼트 소속 가수들이 출연한 프로그램이랑 인터뷰 자료까지 거의 다 찾아봤어요. 모두 진심으로 행복해하고 기뻐하는 게 느껴졌어요. 무엇보다 GCM과 함께해서 다행이라는 것도요."

그렇게 말하며 미소 짓는 그녀의 목소리에서는 평온함과 따스함이 느껴졌다.

회사와 가수라는 상호 간의 절대적인 신뢰.

응당 GCM 엔터 소속 가수라면 그런 게 필요하다.

그런 점에서 성아영은 무조건 합격이었다.

그녀가 말을 이었다.

"그래서 작곡가님을 구장에서 발견했을 때는 신의 계시라는 생각이 들었어요. 그게 부담스러워하실 걸 알면서도… 작곡가님을 붙잡은 이유예요."

"아주 잘했어."

현일은 그녀의 등을 재차 토닥여 주었다.

그리고 피식 웃으며 농담조로 말을 이었다.

"그렇다고 친구들한테 어떻게 붙었는지는 말하지 말고."

"네."

그녀가 배시시 웃었다.

현일은 수정한 계약서를 그녀에게 펜과 함께 건넸다.

기간은 13년.

대신 정산 비율을 좀 더 올려주었다.

[성아영의 충성도가 일반에서 레어로 상승했습니다.]
[성아영의 충성도가 레어에서 에픽으로 상승했습니다.]
[성아영의 충성도가 에픽에서 유니크로 상승했습니다.]

성아영과 계약서를 작성하자마자 충성도가 유니크 등급으로
올랐다.
궁지에 몰릴수록 그 사람을 구해줬을 때 더 깊은 고마움을 갖
게 되는 것과 비슷한 것 같았다.
안 그래도 계약하자고 말을 꺼냈을 때 고맙다는 소리를 몇 번
이나 들었는지 귀가 아플 정도였다.
"정말 고맙습니다. 흐윽……."
그녀는 서명을 하면서 자기도 모르게 울음을 터뜨렸다.
그러더니 한참 동안이나 계약서를 붙들고 멍하니 쳐다봤다.
살짝 상기된 얼굴과 몽롱하게 풀린 눈이 여전히 꿈인지 생시
인지 분간이 안 가는 듯한 모습이다.
현일은 그녀의 등을 토닥여 주었다.
"그래, 노래도 잘하고 춤도 잘 추고, 넌 분명히 스타성이 있어.
계약서는 집에 가서 다시 꼼꼼히 읽어보고."
"네, 고맙습니다!"
"이거 마이크 잡고 다시 한 번 불러줄래?"
"네."
"지금 심정이 어때?"

그녀는 연신 눈물을 훔치며 대답했다.

"모르겠어요. 그냥… 기뻐요. 기뻐서 자꾸 눈물이 나요."

"그럼 이 노래로 하자."

현일은 MMF의 노래 중에서 '환희'의 감정이 담긴 노래를 재생해 주었다.

'역시.'

스피커에서 울려 퍼지는 그녀의 목소리엔 영롱한 푸른색만이 가득했다.


                    *            *            *


성아영이 춤으로 준비해 온 건 이효리의 U—Go—Girl이었다.

역시 자신감이 회복되니 춤도 완벽했다.

현일이 박수를 쳐주니 그녀가 빙긋 웃었다.

"그럼 맥시드의 신곡도 출 수 있어?"

"아, 그건……."

"문제라도 있어?"

"출 수는 있어요. 그런데 뭔가 제 느낌과 안 맞는 것 같아요."

"무슨 느낌?"

"사람들은 잘 춘다고 하는데… 전 어딘가 부족하다고 느껴져요. 노래도 마찬가지고요."

"그럼 일단 보여줄래? 일단 춤 먼저 추고 다음에 노래하자."

"네."

춤과 노래가 끝나고 나자 그녀의 눈에 약간의 실망감이 비춰졌다.

맥시드 신곡의 등급은 에픽.

그녀의 가창력과 댄스는 레어였다.

물론 네 명이서 부르는 걸 한 명이서 부른다는 차이점은 있지만, 춤과 노래를 따로 불렀다는 것을 감안해도 현일의 눈엔 부족하다는 게 보였다.

'하지만… 그걸 본인이 스스로 깨닫는 건 힘들 텐데?'

역시 유니크의 잠재력을 가진 가수는 뭔가 달라도 다른 것 같았다.

'성아영은 가창력, 댄스, 퍼포먼스 셋 중에 두 개를 에픽으로 키우고 한 방에 터뜨리자.'

싱글 앨범 세 개를 짧은 간격으로 내서 대중에게 강렬한 임팩트를 선사한다.

이름하야 '제2의 유은영' 프로젝트였다.

물론 유은영처럼 몰락하는 일은 절대 없어야 할 것이다.

"야."

옆에서 성아영을 흘깃거리던 김수영이 다가와 툭 내뱉듯 말했다.

"네, 선배님!"

"작곡가님, 제가 잠깐 손 좀 봐줘도 괜찮죠?"

"음."

김수영의 댄스 등급도 레어였지만 같은 등급이라고 똑같은 건 아니다.

실제 프로로 경력이 있는 김수영이 몇 수 위다.

"뭔가 어색한 것 같아요~ 하는 파트 있지? 거기서 왼쪽 발꿈치를 하늘로 쳐올려."

"네, 네!"

"자, 이렇게 따라 해봐."

"이렇게요?"

"발가락에 힘주고!"

"네, 선배님!"


『가수와 팬』 시너지 효과가 발생합니다.]

[김수영과 성아영의 '댄스' 등급 성장 속도가 10% 상승합니다.]


"수영아."

"네?"

"앞으로 아영이는 네가 직접 가르치는 게 좋겠다."

"으익!"

"우와, 정말이에요?

"응."

"감사합니다! 잘 부탁드려요, 선배님!"

"저, 저도 스케줄이 있단 말이에요, 작곡가님!"

"매니저한테 정리하라고 말해둘게."

"그러다 인기 떨어지면 저는 어떡하라구요?"

"분명히 너한테도 도움이 될 거야. 시키는 대로 해."

그러자 김수영이 어깨를 축 늘어뜨렸다.

이윽고 자신의 머리를 한 대 쥐어박았다.

'내가 왜 쓸데없이 오지랖을 부려서…….'

하나 이제 와서 후회해도 소용없는 일.

현일이 입을 열었다.

"수영아, 넌 실력을 키우는 가장 빠른 방법이 뭐라고 생각해?"

"음, 좋은 기획사랑 계약하는 거요."

"아영이 너는?"

"저도 선배님 의견에 동의해요."

현일은 고개를 저었다.

"아니야. 남에게 가르치는 거지."

김수영이 눈썹을 찡긋했다.

"아직 저도 배우는 입장인데요?"

"안무 트레이너도 모든 안무를 다 아는 건 아니잖아. 타인을 직접 가르쳐 보면 자신이 뭘 알고 뭘 모르는지를 정확하게 알 수 있어. 네가 어떤 걸 남에게 설명할 수 있으면 정확히 이해하고 있는 거고, 설명을 못하면 모르는 거지."

이 또한 현일의 학창 시절 영어 선생님의 가르침이다.

비단 공부뿐만이 아니라 모든 분야에 다 적용되는 만고불변의 진리였다.

"그렇군요!"

"하아!"

눈에서 반짝반짝 빛이 나는 성아영과 깊은 한숨을 내쉬는 김수영의 모습은 상당히 대조적이었다.

"자, 이건 이렇게… 저건 저렇게……."

김수영이 성아영을 가르치는 동안, 현일은 업무를 보러 갔다.

막 의자에 앉으려는데 이지영이 낑낑거리며 꽤 많은 서류 뭉치를 들고 왔다.

텅!

책상에 내려놓고 이마에 맺힌 땀 한줄기를 훔치며 입을 열었다.

"후우, 현일 오빠, 금주의 의뢰랍니다."

"힘들어 보이는데 형들한테 부탁하지 왜 항상 네가 가져와?"

"팀에서 막내인 제가 해야지 어쩌겠어요. 아! 이참에 아예 심부름꾼 하나 고용하는 건 어때요?"

현일은 마지막 말을 못 들은 척했다.

의뢰서를 뒤적이며 물었다.

"형들은 지금 뭐 해?"

팀 3D도 사람이니만큼 회사에서 항상 일만 하지는 않는다.

기본적으로 점심시간과 저녁시간에는 어느 정도 휴식이 보장되어 있다.

오늘은 한지윤의 스케줄이 풀로 잡혀 있기에 현일은 받지 못한 도시락을 떠올리며 입맛을 다셨다.

"똑같죠, 뭐… 성재 오빠는 낮잠 자고, 시혁이 오빠는 취미 생활을 즐기고 있죠."

"샘플 만드는 거?"

"네."

"밥 먹고 캐치볼 할까?"

"네네네네네!"

현일은 피식 웃고는 계속해서 서류를 들춰보았다.

거기서 눈에 들어온 것은 CL E&M에서 들어온 이하연 섭외 요청이다.

"이런 건 치프 매니저한테 맡겨야지 왜 나한테 들어오는 거야?"

"밑에서 올라올 때 실수했나 봐요. 아직 전산화가 제대로 안 되어 있으니 그럴 수도 있죠."

"으음, 프로그래머 인력이 필요하긴 한데… 어디 컴퓨터 천재라도 안 나타나려나?"

현일은 그렇게 말하며 요새 세간에 한창 이름을 날리고 있는 코딩의 천재라는 이용호를 떠올렸지만 고개를 저었다.

'분명 의뢰비가 장난 아닐 거야.'

"그럼 이건 다시 가져갈게요."

"음."

"얼굴이 왜 그리 심각해요?"

"아무것도 아냐."

현일은 그렇게 말하며 손을 휘휘 내저었다.

다시 모니터에 집중하려 할 때, 현일의 핸드폰이 메시지가 왔음을 알렸다.

—안 바쁘실 때 연락 주세요. ^^*

현일은 즉시 전화를 걸었다.


\*　　　　\*　　　　\*


MK 엔터테인먼트 사옥.

문을 열고 들어가니 향긋한 원두커피 내음이 코를 즐겁게 만들어주었다.

　김성아는 현일을 보자마자 빙그레 웃으며 반겨주었다.

　"오셨네요. 드세요."

　"난 아메리카노는 안 좋아하는데."

　"원래 여자가 줄 땐 싫어도 좋아하는 척 연기해야 하는 거라구요."

　그녀는 시무룩한 표정을 지으며 투덜거렸다.

　"뭐 메모하는 거야?"

　"아, 하하하! 아무것도 아니에요!"

　"그래?"

　등 뒤로 잽싸게 스마트폰을 숨기는 그녀를 신경 쓰지 않았다.

　현일을 따라 자리에 앉은 그녀는 커피를 한 모금 홀짝이고는 입을 열었다.

　"요즘 연락 뜸한 거 알아요?"

　"연락할 일이 있어야지. 너 가수 되고 싶다더니 요즘 이런저런 일로 되게 바빠 보이더라? TV 켜면 항상 네가 나와."

　"요즘이 아니라 항상 바쁘죠. 저번에 우리 데이… 트… 했을 때 스케줄 비운 것 때문에 사장님한테 엄청 혼났다니까요?"

　그녀가 볼을 붉히며 투덜거렸다.

　"확 계약 해지해 버릴까."

　"장난이라도 그런 말 하는 거 아냐. 각자의 사업 파트너를 찾는 거라곤 해도 계약은 엄연히 사람 간의 신뢰라고."

　"사람들이 신뢰를 못하니까 계약이란 게 생긴 거겠죠."

"너 같은 사람이 많아지면 SH의 계약 조건이 정당화되는 거야."

"그러라죠, 뭐."

현일은 인상을 찌푸리며 엄지로 문을 가리켰다.

"나 그냥 갈까?"

김성아는 현일이 이러는 이유를 알지 못했으나, 현일은 그녀에게 설명해 주고 싶은 생각이 없었다.

그녀도 감정이 격해지는 것은 원하지 않았다.

"…미안해요."

"괜찮아. 내가 너무 감정적으로 반응한 것 같다. 사과할게. 연락한 이유가 뭐야?"

현일은 가라앉은 분위기를 전환하기 위해 급히 화제를 돌렸다.

그녀는 헛기침을 하고는 입을 열었다.

"CL E&M에서 섭외가 들어왔어요. '뱀파이어의 연예계 생활'이라는 드라마인데, 혹시 들어보셨어요?"

현일은 재빨리 전생의 기억을 끄집어냈다.

"음. 뱀파이어인 여주인공이 라이브 클럽에서 노래 부르다가 운 좋게 엔터테인먼트 스카우터의 눈에 드는 스토리의 드라마 아냐?"

본 지 오래되어서 자세히는 기억이 안 나지만 시놉시스는 떠올릴 수 있었다.

김성아의 눈이 동그래졌다.

"와, 소문 정말 빠르네요. 아직 기획 단계에 있는 작품인데 그

얘긴 어디서 들으신 거예요?"

'아차!'

현일은 그 드라마가 방송된 날짜도 생각하지 않은 채 무심코 내뱉은 것을 후회했다.

'앞으로는 입조심 좀 해야겠군.'

김성아를 너무 편하게 생각해서 벌어진 일이었다.

하여튼 입이 방정이다.

"뭐… 나도 정보원이 있지."

"하긴, 윤석진 이사님이랑 꽤 친분이 있으니까요."

어물쩍 넘어가기 위해 둘러댄 말에 그녀는 생각 외로 그럴 만하다는 반응을 보였다.

"그거 하려고? 검사 박정훈이 끝난 지 얼마나 됐다고 그래? 한 달쯤은 휴식기를 가져도 되잖아. 아니면 가수 활동에 더 치중해도 괜찮을 텐데."

"물론 노래도 정말 좋아요. 하지만 연기를 그만둘 생각은 없어요. 아직은요."

김성아는 여운을 넘겼다.

현일은 '그만두라고 한 적은 없는데? 내가 그럴 입장도 아니고'라며 의아해했지만, 그녀는 그저 침묵으로 일관했다.

"너……"

자신의 의중이 들킨 것 같아 벗겨진 기분이었지만, 오히려 알아주었으면 좋겠다는 상반된 감정이 그녀의 마음을 복잡하게 만들었다.

"이 얘기는 그만해요. 제가 작곡가님을 부른 건 그 드라마에서 작곡가 배역으로 출연해 주셨으면 해서예요."

현일은 일순간 당황했으나 내색하지 않고 얘기나 들어보기로 했다.

그녀의 표정과 말투에서 자못 진지함이 느껴졌기 때문이다.

"무슨 역할인데?"

"저도 지금은 잘 몰라요. 분량은 적지만 무척 중요한 역할이라고만 들었거든요."

"너는?"

"전 아직 안 정했어요. 주인공도 좋지만 조연들도 모두 개성 있는 배역이라 고민돼서요."

현일은 피식 웃었다.

"그쪽으론 아무 커리어도 없는 내가 어떻게 드라마를 찍어? 제 안은 고맙지만 사양할게. 난 지금 하는 일이 제일 좋아."

"작곡가님은 조연 정도라면 제 힘으로도 꽂아드릴 수 있어요. 마침 배역이랑 본업도 매치되고요. 게다가 요즘 제일 떠오르는 작곡가시잖아요? 분명 감독님도 납득하실 거예요."

"그렇게 치면 왜 하필 나야? 실력 있는 작곡가는 나 말고도 많아."

"하지만 작곡가님과 비슷한 또래면서 그만한 실력을 가진 작곡가는 거의 드물어요. 아니, 우리나라에선 한 명도 없다고 단언할 수 있어요. 저는 그렇게 생각해요."

"칭찬은 고마운데, 난 연기 못해. 너도 봐서 알잖아?"

둘은 서로 만난 지 얼마 되지 않았을 때가 떠올랐다.

웃고 떠들며 행복한 나날이었다.

특히 한 사람에게는.

"직접 봤으니까 말씀드리는 거예요."

"못한다니까."

"제가 가르쳐 드릴게요."

"…솔직히 말해봐. 그렇게까지 날 출연시키고 싶어하는 이유가 대체 뭐야?"

김성아는 치맛자락을 움켜쥐었다.

현일의 시선을 정면으로 마주하는 그녀의 눈동자가 흔들렸다.

사실 그녀는 주인공과 주인공의 멘토인 작곡가 이준혁의 역할과 그들의 관계에 대해서 아주 잘 알고 있었다.

여주인공과 그녀만의 멘토.

그렇게 시작되는 달콤한 스토리.

그리고 마지막 화에서 장식되는 진한…….

건조해진 입술을 핥았다.

그 장면에 둘을 대입하여 상상을 하던 그녀를 현일이 깨워주었다.

"응?"

"그야… 유명해질 수 있잖아요? 회사도 홍보되고 드라마에 출연하는 것도 새로운 경험이 될 거예요."

말문이 막힌 김성아는 횡설수설하기 시작했다.

마지막 말은 약간 혹했지만, 그래도 현일의 마음을 움직이기엔 역부족이었다.

"됐어. 별로 유명해지고 싶은 생각은 없으니까."

이미 GCM이라는 이름은 대중에게 널리 알려져 있지만, 현일을 마주치면 알아보는 사람은 드물었다.

현일의 말이 이어졌다.

"연예인들이 사생활 누리는 게 얼마나 힘든지 뻔히 아는데. 너만 해도 매일 모자 푹 눌러쓰고 이따만 한 선글라스 끼고 다니잖아. 사실 라디오나 토크쇼는 조금 생각이 있긴 한데, 연기는 역시 좀 아냐."

현일은 양손의 검지와 엄지를 맞대고 눈가에 갖다 대 보였다.

그녀가 배시시 웃었다.

"…그래도 한번 잘 생각해 봐요."

"알았어. 감독님한테 우리 회사 가수나 섭외해 달라고 전해 줘. 하하!"

*　　　　*　　　　*

며칠 후, CL E&M 사옥.

'그냥 농담 삼아 한 말이었는데.'

현일은 김성아와의 대화를 떠올리며 '뱀파이어의 연예계 생활' 담당 프로듀서를 기다렸다.

'몇 번을 봐도 CL E&M의 사옥은 어마어마하군.'

대한민국 굴지의 대기업인 CL 그룹의 자회사 중 하나인 CL E&M의 건물 규모에 견줄 수 있는 연예 기획사는 거의 없었다.

사옥에 방송 스튜디오, 가수 연습실, 녹음실, 편집실 등등 있을 건 다 있었다.

언젠가 GCM 엔터테인먼트의 사옥도 이렇게 되리라 다짐하고 있을 때, 약속한 사람이 도착했다.

"GCM 작곡가님?"

"네. 그쪽은?"

"서훈제 프로듀서라고 합니다. 반갑습니다."

둘은 악수를 나누고 자리를 이동했다.

서훈제가 화두를 던졌다.

"검사 박정훈의 음악을 감독하셨다면서요?"

"알고 계시군요."

"당연하죠. 제가 그 드라마를 얼마나 재밌게 봤는데요. 확실히 문 PD가 골든 엠페러 때부터 두각을 드러내긴 했어요. 그 이후로 몇 작품 말아먹은 건 추진력을 얻기 위한 웅크림이었다는 재밌는 소문까지 돌고 있을 정도니까요. 하하하!"

"전 차려진 밥상에 숟가락 하나 얹어놓은 거 빼고는 아무것도 한 게 없습니다."

"무슨 말씀을요? 음악도 장면에 따라 적절하게 배치되어 있고, 음, 뭐라고 해야 할까? 아, 마치 눈을 감고도 등장인물이 무슨 생각을 하고 있는지 알 수 있는 느낌을 받았습니다."

현일은 빙긋 웃었다.

"그렇습니까? 다행이네요. 욕먹으면 어쩌나 조마조마했거든요."

"하하하, 다른 작곡가들이 들으면 울고 갈 겁니다."

"그 외에 저에 대해서 들은 건 혹시 없으십니까?"

"떠오르는 신성 작곡가요? 하하하!"

"그 별명은 솔직히 낯이 간지럽습니다."

현일은 웃음으로 넘겼다.

'비밀 유지가 잘돼 있군.'

서훈제 프로듀서는 사람 자체는 좋아 보였지만, 안타깝게도 '뱀파이어의 연예계 생활'은 그리 흥하지 못한 드라마였다.

만약에라도 투자를 요청한다면 어떻게 해야 상대의 기분이 상하지 않게 거절할 수 있을까 고민하는 찰나였다.

'하긴, CL E&M이 후원하는 드라마인데 굳이 투자자를 찾아다 닐 필요는 없겠지.'

그러나 다행히도 검사 박정훈의 최대 투자자가 현일이란 사실 은 아직 퍼지지 않은 것 같았다.

"커피 드시겠어요?"

"네. 카라멜 마끼아또로 할게요."

"그럼 그거랑 자바 칩 프라푸치노 하나 주세요."

'꽤 특이한 걸 먹는군.'

현일은 존재하는지조차 모르는 커피였다.

아무튼 둘은 커피가 나오길 기다리는 동안 빈자리를 찾아 앉 았다.

"그런데 생각은 해보셨습니까?"

"무엇을요?"

서훈제는 주위를 두리번거리더니 이내 헛기침을 하고는 말했 다.

"큼! 이준혁 작곡가 배역으로 GCM 작곡가님을 캐스팅하려는 데 어떻습니까?"

"제가 배우라니요. 저 동네 연기 학원에도 발을 들여 본 적 없는 사람입니다."

"그래도 한번 생각해 보심이……."

현일이 그의 말을 잘랐다.

"많이 생각해 봤습니다. 그런데 저는 왜 서 PD님께서 절 캐스팅하려고 하시는지 이해가 안 되네요."

"그게… 김성아 씨가 성화라서 말입니다. 왜 그리 고집이 센지. GCM 작곡가님이 출연하시면 자기가 주인공을 맡겠다고 하네요. 은혜를 갚는다나 뭐라나? 하여튼 자기가 직접 작곡가님을 설득해 보겠다고는 하던데 아직 대답을 못 들은 것 같아서요."

'성아가 성화라……. 라임이 꽤 괜찮군.'

현일은 상념을 털어냈다.

"CP는 뭐라고 합니까? 연기의 연도 모르는 사람을 배역으로 꽂겠다고 하면 한소리 들으실 텐데요?"

"김성아 씨의 부탁이니까 허락이 된 거죠. 별로 어려운 역할도 아닐 겁니다. 원하시면 분량을 더 줄여줄 수도 있어요."

"죄송합니다."

서훈제는 크게 한숨을 내쉬었다.

"하, 총체적 난국입니다. 작곡가님은 안 하겠다고 하시지, 이혜경 씨랑 김성아 씨는 주인공 역할 놓고 신경전에다, 그중 하나는 예정에도 없던 그놈의 키스 신은 왜 넣어달라고 하는지… 정말 고집불통입니다."

"키스 신?"

"그야 제 주인공 자리가 탐나니까 그런 거죠!"

갑자기 어디선가 날카로운 목소리가 들려왔다.

둘은 고개를 그 쪽으로 돌렸다.

"어! 이혜경 씨? 안녕하십니까? 여긴 어쩐 일이신지……."

"방금 녹화 끝나고 누구 좀 만나러 왔어요. 여기서 기다리려고요."

"그렇군요. 이쪽은 GCM 작곡가십니다."

"아하, 맥시드! 맞죠?"

"네, 반갑습니다."

"맥시드랑 같이 녹화한 적 있어요. 정말 다들 너무 예쁘더라구요~ 그런 애들은 대체 어디 가서 구해오는 거예요?"

"하하하, 영업 비밀입니다."

현일은 카페에 나타난 그녀를 보니 이제야 기억이 났다.

'분명 전생에서 성아는 뱀파이어의 연예계 생활에 안 나왔어.'

2인조 여성 듀엣 그룹 '드빈치'의 멤버인 이혜경이 주인공으로 출연했다.

그러나 연기 트레이닝은 제대로 받지 못한 것 같았다.

특유의 발연기로 욕을 많이 먹었다.

'어? 그러고 보니 그럼 어떻게 그 드라마의 주인공을 맡은 거지?'

배우는 보통 캐스팅이 아니면 오디션을 보는데, 연기도 못하는 사람을 뽑을 리는 없다.

의아해진 현일이 이혜경에게 물었다.

"지금 소속된 기획사가 어디십니까?"

"저요? 아크 콘텐츠 미디어예요. 왜요?"

현일은 어떻게 된 일인지 알 것 같았다.

'그런 거였군.'

이혜경은 약 2년 후에 기획사를 옮기게 된다.

그곳이 바로 CL E&M이다.

모종의 무언가가 오갔음을 짐작할 수 있었다.

"아무것도 아닙니다."

"후훗, 아니긴요, 관심 있으시면 '테러'라도 소개시켜 드려요?"

"하하, 괜찮습니다."

"어머, 무슨 생각 하신 거예요? 전 그냥 작곡가시니까 테러랑 일에 대해서 얘기를 해보지 않겠냐고 말씀드린 건데요."

"지금 하는 일만으로도 바빠서 그런 건데… 저야말로 무슨 말씀이신지 모르겠습니다."

이혜경의 미소가 급격히 썩었다.

"아, 하하하하! 농담도 잘해서. 하하하!"

곧이어 서훈제가 주문한 커피를 가져왔다.

"이혜경 씨도 커피 드실래요?"

"아니요, 괜찮아요. 그리고 편하게 이름으로 부르세요. 작곡가 님도요."

"네, 혜경 씨. 참, 그런데 아까 한 이야기, 자세히 말씀해 주시겠어요?"

"네? 어떤 이야기요?"

"주인공 자리를 어쩌고 한다는……."

"아, 그거요? 뱀파이어의 연예계 생활이 잘될 것 같으니까 김성아가 제 주인공 자리를 뺏으려는 거지 뭐겠어요?"

'제 주인공'을 강조하며 말을 이었다.

"제가 키스 신은 절대 안 찍는 거 알고 그 교활한 암고양이가 자기 입지를 이용해서 서 PD님을 압박하고 있는 거라구요! 애초에 주인공으로 뽑힌 건 저란 말이에요. 그렇죠, 서 PD님?"

"예? 아, 예. 뭐, 그렇죠."

서훈제 프로듀서가 말을 더듬었다.

이혜경은 자신이 거의 주인공으로 확정된 상태에서 김성아를 끌어들인 그가 못마땅한 눈치였다.

그러나 서훈제로서는 솔직한 심정으로 실력도 검증되지 않은 아이돌 가수보다는 누구나 일인자로 인정하는 김성아가 훨씬 구미가 당기는 것이다.

머쓱해진 그는 뒷머리를 긁적였다.

'사실 아이돌이라고 하기도 뭐한데……'

이혜경의 나이는 내일모레면 앞자리 숫자가 3으로 바뀔 예정이다.

"성아에겐 아직 배역을 안 정했다고 들었습니다. 조연으로 할 수도 있는 거 아닙니까?"

"방금 '성아'라고 하셨어요? 둘이 꽤 사이가 가까우신가 봐요?"

"…예?"

"제가 알기로 김성아는 자기를 이름으로 부르게 해주는 사람이 얼마 없어요. 걔랑 무슨 사이예요?"

"작곡가와 가수의 사이죠."

"정말 그게 다예요?"

이혜경이 의심스러운 눈빛을 보내왔다.

"그게 중요합니까?"

"중요해요. 아, 애초에 걔가 작곡가님을 추천하는 것도 생각해 보니 수상하네요."

"후, 제가 먼저 이름으로 불렀습니다. 아무래도 제대로 된 보컬 트레이닝을 받은 적이 없는 녀석이라 단기간에 가수로서의 자질을 만들어내려면 강압적으로 나가야 했습니다. 그런데 '김성아 씨'라고 부르기는 불편해서 그런 겁니다."

"…그럼 작곡가님을 추천하는 이유는요?"

현일은 왜 그런 걸 물어보느냐는 듯한 말투로 대답했다.

"제 입으로 이런 말 하긴 뭐하지만, 플래티넘 히트 가수로 만들어줬지 않습니까? 자기 딴엔 은혜를 갚겠다는 거죠."

"고작 그것 때문에요?"

현일은 직감했다.

여기에서는 강하게 나가야 한다는 것을.

"플래티넘 히트 쳐보셨어요?"

"아니요."

"안 쳐봤으면 말을 하지 마세요."

"……."

이혜경의 말문이 막혔다.

나름 가창력엔 자신 있는 그녀였다.

하지만 드빈치는 정규와 비정규 앨범을 포함해 20개가 넘는 음반을 냈지만, 현일의 말대로 플래티넘 히트는커녕 어느 것 하나도 5만 장을 넘게 팔아본 적이 없었다.

'담배 생각이 나는군.'

"큼, 크흠!"

둘의 대화를 가만히 지켜보며 빨대를 쪽쪽거리던 서 PD가 헛기침을 했다.

그의 시선이 향하는 곳으로 고개를 돌리니 한 사람이 더 오고 있었다.

"언니!"

"어, 민정아! 왔구나!"

드빈치의 미모 담당 멤버인 강민정이었다.

물론 이혜경도 예쁘지만 척 보면 강민정이 한 수 위라는 것을 대번에 알 수 있었다.

물론 가창력은 그 반대이다.

"인사드려. 이쪽은 GCM 작곡가님이시고, 이쪽은 서훈제 프로듀서님이야."

그녀는 주황색으로 염색한 긴 생머리를 슬쩍 귀 뒤로 넘기며 고개를 숙였다.

"안녕하세요."

"이런 데서 드빈치를 만나게 될 줄은 몰랐는데요? 반갑습니다."

"호호, 저도요. 작곡가님 노래 정말 잘 듣고 있어요. 특히 하연 씨 노래를 무척 좋아한답니다."

강민정의 목소리는 마치 은쟁반에 옥구슬이 굴러가는 것처럼 맑고 청아했다.

"그래요?"

"네, 제가 처음 'Sunrain'을 들었을 때는 눈물이 났어요. 태양이 되고 싶었지만 포기해야 했던 저에게 달이 되는 방법을 가르쳐 준 곡이랍니다."

"가사의 의미를 정확하게 꿰뚫고 계시네요."

그녀가 아담한 입꼬리가 보조개를 보이며 빙그레 미소를 지었다.

"다음엔 꼭 GCM 작곡가님이 주신 노래를 불러보고 싶어요."

"언제든지."

현일이 마주 웃으며 악수를 청했다.

손을 내미는 강민정을 제지하며 이혜경이 끼어들었다.

"잠깐만요. 아깐 바쁘다고 하지 않으셨어요?"

"오는 말이 고우면 가는 말도 고운 법입니다."

**Chapter 6**
너만을 위한 선율

이혜경은 한차례 현일을 강렬하게 쏘아보다가 몸을 돌렸다.

"이야기가 많이 샌 것 같네요. 이런 일 때문에 만난 게 아닌데."

"예. 1회에 어느 가수를 출연시킬지에 대해 논의하기 위해서였죠."

뱀파이어의 연예계 생활 에피소드 중에 주인공이 라이브 클럽에 가는 장면이 있다.

그 클럽 무대 위에서 노래를 부를 가수를 정하기 위해 미팅을 한 것이다.

커피를 다 마시고 둘은 서훈제의 회의실로 이동했다.

현일은 문득 방금 전에 한 강민정과의 대화가 떠올랐다.

'하연이로 할까? CL E&M 방송에 출연하면 쓸 만한 선물도 주

는데.'

썩 괜찮은 생각이다.

"이하연을 출연시키고 싶습니다."

"그렇게 하죠."

"봅시다. 출연 조건은… 노래는 얼마나 부릅니까?"

"음, 일단 5분으로 잡죠. 그 장면은 출연자 대사도 그리 많지 않을 테니 아마 한 곡 다 부르기 전에 끝날 겁니다."

현일은 눈썹을 찡긋했다.

"대본 작가가 일을 꽤 열심히 하나 봅니다."

지나가듯 던진 말에 서훈제의 표정이 굳었다.

현일은 그것을 놓치지 않았다.

"네, 뭐… 너무 열심히 해서 탈이죠. 하하하!"

"그럼 이하연 출연료 1,500에 저작권료는 플레이 시간에 따라 차등 분배로 받겠습니다."

"예."

서론이 길어진 서훈제 프로듀서와의 만남이었지만, 정작 비즈니스는 순식간에 진행되었다.

현일은 내심 궁금하던 질문을 던졌다.

"그런데 원래 주인공이 이혜경 씨로 예정되어 있던 게 사실입니까?"

현일의 질문에 서훈제는 더 이상 숨길 것도 없다는 듯 털어놓았다.

"예. 저도 자세한 사정은 모르지만 드빈치가 언젠가는 CL E&M으로 소속사를 옮기는 조건으로 여러 군데에 밀어주고 있다는 소문이 있습니다. 아시다시피 아크 소속 가수들이 그다지… 귀 좀 빌려주실래요?"

현일이 얼굴을 내밀었다.

"…회사를 잘못 만나서 좋은 성적을 내지 못하고 있잖습니까."

"안타깝죠."

"아크 미디어는 2010년 테러가 뮤직 넷 차트 1위를 한 것 이후로는 별다른 성적이 없어요. 사실 이제는 작곡가님 덕분에 아무도 1위를 엄두조차 못 내고 있긴 합니다만."

그가 농담조로 말을 이었다.

"좀 살살 하세요. 우리 회사 직원들도 먹고살아야 할 것 아닙니까."

"하하하, 그나저나 프로듀서 일은 할 만합니까?"

그저 자신의 일을 열심히 했을 뿐인데도 왠지 죄 지은 기분이 된 현일은 화제를 돌렸다.

"예, 두말하면 잔소리죠. 마누라 바가지에 사춘기 애들 응석으로 쌓인 스트레스를 부하들한테 푸는 게 제 일인데 아주 재밌죠. 갑작스럽게 기획된 드라마를 맡으라고 코 꿰여도 전혀 개의치 않습니다. 하하하!"

"그렇군요."

분명 입은 웃고 있는데 울고 있는 그의 얼굴을 보니 알 만했다.

'연기에 익숙하지 않은 가수가 주인공에다가 주먹구구식 기획까지… 이러니 드라마가 잘될 리가 없지. 그나마 스토리라도 좋았으면 모를까. 아니, 방금 전 열심히 한다고 하지 않았나?'

뱀파이어의 연예계 생활에서 어렴풋이 기억나는 장면이 있다면 '이건 저렇게 했으면 어땠을까', '저건 이렇게 했더라면 더 좋았을 텐데' 하는 것뿐이다.

"작가는 실력이 있는 분입니까?"

"후, 기껏 메인 작가로 앉혀놨더니 시키는 건 하나도 안 하고 할 줄 아는 거라곤 이거 해달라 저거 해달라… 총체적 난국입니다."

그가 푸념하듯 투덜거렸다.

"그런가요? 메인 작가가 꽤 힘이 있나 보죠?"

현일이 고개를 갸웃거렸다.

평생 작곡가로만 살았지, 작가 쪽에 대해서는 거의 아는 게 없었다.

한데 서훈제의 입에서 나오는 얘기는 그의 생각과 전혀 달랐다.

"아니요. 각본은 작가의 손에서 나오지만 실질적인 영향력도 없고 참여하는 곳도 적습니다. 진짜로 각본만 쓰는 거예요. 그런데 성격이 어찌나 드센지… 완전히 독사예요, 독사. 가끔씩 촬영 현장에 나와서 한바탕 뒤집어놓고 가기도 해서 웬만한 제작진도 이름과 얼굴을 익히 알고 있습니다."

"뭔가 믿는 구석이라도 있는 겁니까?"

서훈제가 혀를 찼다.

"낙하산이죠, 뭐. 장현수 작가가 꽂아준 겁니다. 듣기로는 그 대담함이 마음에 들어서라는데… 덕분에 제작진만 고생이죠."

"아."

현일은 가볍게 감탄사를 흘렸다.

작가의 세계에 대해서는 문외한이어도 장현수 작가의 이름은 몇 번 들어보았다.

한국의 전설적인 드라마 작가로서 '드라마의 어머니', '언어의 마술사' 등으로 불릴 정도의 대작가였다.

"확실히 장현수 작가님 정도 되면 촬영에도 직접 참여해서 이래라저래라 해도 납득할 만한데, 이제 겨우 메인 작가 자리 한 번 얻은 사람이 그건 좀……."

"드라마 작가는 먹고살 만합니까?"

"보통 새끼 작가가 편당 60~80쯤 받습니다. 보조 작가는 조금 더 받는 수준이고요. 메인 작가는 이름값에 따라 천차만별이죠. 장현수 작가님 같은 경우는 회당 많으면 2천도 넘게 받는다고 들었습니다."

"이 작품은요?"

"한… 150?"

"오, 작가는 왠지 배고픈 이미지가 있었는데 수입이 꽤 괜찮군요?"

"아니요. 정확하게 꿰뚫고 계십니다. 이 드라마가 12부작, 메인 작가가 총 1,800 받는다고 치면 그게 올해 연봉이라고 생각하시면 돼요."

"그게 한 해 수입의 전부라고요? 어째서죠?"

"한 작가가 1년에 드라마 써봤자 많아야 세 갭니다. 그것도 망하면 1년에 하나 쓰고 땡이죠. 받는 돈은 쥐꼬리만 한데 야근에 특근은 예삿일입니다."

"…진짭니까?"

"예. 단 한 치의 과장도 없으니 혹시 주위에서 드라마 작가가 되고 싶다는 양반 있으면 무조건 뜯어말리십쇼. 진지하게요."

"추가 수당까지 생각하면 그보단 많이 받아야 될 텐요?"

"어쩔 수 없죠. 위에서 주는 돈은 한정되어 있으니까요. 그게 싫으면 자기가 나가는 것밖엔 답이 없어요."

'그러면서 김성아 섭외할 돈은 있다 이거군.'

현일은 전생이 떠올랐다.

하루하루 처절한 나날들.

그런 현실은 어딜 가도 마찬가지라는 것을 깨달았다.

현일은 표정을 굳히며 입을 열었다.

"서 PD님."

"예."

"CP는 어디 있습니까?"

*                *                *

곽경준 CP의 사무실.

"CP님, 결재 서류입니다. 확인해 주세요."

곽 PD가 서류를 훑어보고 입을 열었다.

"단역인데 1,500이나 요구해?"

"요즘 한창 뜨고 있는 가수입니다. 그 정돈 줘야 해요."

"나 참, 이 드라마, 희한한 오합지졸들이 모여서 기획하고 있는 거 아니야? 케이블 방송에서도 겨우 승인받은 작품에 이만

한 돈을 쓸 데가 어딨어? 다시 협상하라 그래."

"예. 다시 협상해야겠습니다."

둘은 고개를 돌렸다.

"누구십니까?"

"곽경준 치프 프로듀서가 그쪽 맞으시죠?"

"여긴 외부인이 함부로 들어와도 되는 곳이 아닙니다."

"최현일입니다. 그 이하연이란 가수 소속 회사의 작곡갑니다."

현일이 윤석진 이사와 친하다는 사실은 알 만한 사람은 다 알고 있었다.

그리고 CL E&M에서 기획한 프로젝트 중에 MBC에서 방송되고 있는 프로그램이 적지 않았다.

인사는 짧았다.

곽경준이 뭐라 하기도 전에 현일이 선수를 쳤다.

"이하연 출연료는 삼천만 원입니다. 그리고 김성아는 조연으로 출연하게 될 겁니다."

"아니, 대뜸 찾아와서 그게 무슨 소립니까?"

"말씀드린 그대로죠."

그가 어이없다는 표정을 지었다.

"작곡가님이 김성아 씨의 상사도 아니고 이 프로젝트의 CP는 저인데 계약과 출연이 다 그쪽 마음대롭니까? 예?"

"김성아가 이 드라마에 출연해 주는 것만도 영광으로 생각하셔야죠. 막말로 이거 찍는 게 성아에게 이득입니까, 그 시간에 저희 회사랑 음반 작업을 하는 게 이득입니까? 본인 입으로 대답해 보실래요?"

"……."

현일의 말이 구구절절 다 옳았다.

"하, 하지만 그 돈이 제 돈입니까? 결재 가능한 비용은 한정되어 있는데, 무슨 수로 삼천이나 지급합니까!"

현일은 속으로 삼킨 말을 내뱉었다.

"그러면서 김성아를 쓸 돈은 있고요?"

"그 배우가 주인공으로 나올 때랑 조연으로 나올 때 금액이 같습니까?"

"그건 CP님께서 알아서 하셔야죠. 애초에 주인공은 혜경 씨로 발탁됐던 것 아닙니까?"

거기다 드라마, 영화, 예능 등등이 있다면 어디서든 불러주는 김성아가 이혜경의 자리를 가로채는 건 모양새가 좋지 않았다.

"……."

"그리고."

"뭐, 뭡니까?"

"이하연의 출연으로 발생하는 계약상의 수입은 전부 작가들 급여로 지급하세요. 당장 내일까지 현금으로요."

\*　　　　\*　　　　\*

CL E&M '뱀파이어의 연예계 생활' 작가 사무실.

딱 여섯 명이 둘러앉으면 꽉 찰 것 같은 좁은 방.

그곳엔 잔잔한 클래식 음악이 흐르고 있다.

'생각보다 더 열악한데.'

메인 작가 한 명과 서브작가 두 명.

그것이 작가팀 인원의 전부였다.

심지어 에어컨도 없는 방에 냉기까지 돌고 있었다.

어쨌든 오로지 여자들만 있는 금남(禁男)의 구역과도 같은 곳에 한 남자가 들어섰다.

'저 사람인가?'

이곳을 찾아오는 과정에서 예쁘다는 말은 익히 들었다.

'척 보면 알 거다'라는 말 또한 많이 들었다.

그런데 차갑고 도도한 이미지를 물씬 풍기는 그 얼굴을 마주치니 이제야 알겠다.

그녀가 누구인지를.

문득 서훈제 프로듀서와의 대화가 떠올랐다.

'독사……'

전생에서 직접 본 적이 있다.

엔터테인먼트 업계 사람이라면 누구라도 이름 정도는 들어본 바로 그 사람.

'정현영.'

처음 메인 작가로 등극하여 빚어낸 작품의 시원찮은 성적 때문에 말도 많고 탈도 많았지만 자신의 손으로 인간 승리를 일구어낸 여자.

시놉시스의 거장.

극본의 대가.

한국 드라마에서부터 영화, 미드, 할리우드 영화까지 모든 전설이 그녀의 손끝에서 이루어졌다.

하지만 현일에게 그건 아직 일어나지 않은 미래일 뿐이었다.

한 걸음씩 다가갈수록 가히 완벽한 몸의 굴곡이 대번에 드러나는 의상이 시선 처리를 곤란하게 만들었다.

'그럴 때 답은 하나지.'

그냥 상대의 눈, 혹은 미간에 집중하면 된다.

물론 그걸 머리로 안다고 해서 해결되는 문제는 아니었다.

하지만 현일은 전생과 현생을 살아오면서 별의별 사람을 다 만나보았다.

그 정도는 단련되어 있었다.

현일이 입을 열었다.

"절 부르셨더군요. GCM 엔터테인먼트의 작곡가인 최현일이라고 합니다."

정현영은 손을 내밀며 인사하는 현일을 쳐다보지도 않았다.

팀원들에게 하던 말을 계속 이어가고 있었다.

"그런 각본은 절. 대. 로 못 쓴다고 기획팀에 똑똑히 전하세요."

현일은 미간을 좁혔다.

'사람을 불러놓고 아는 척도 안 하네?'

그저 보조 작가들만이 살짝 눈길을 줬다.

어이가 없다.

자신이 나름 도움을 준 사람이 불러서 왔더니 완전히 없는 사람 취급하는 것이 아닌가.

현일은 슬슬 화가 나기 시작했다.

"참 나, 그렇게 악명이 자자하길래 어떤 사람들인가 했더니 손

님이 왔는데도 인사도 안 하고… 실력은 뭐 검증도 안 된 신인들
이니 알 만하겠고, 왜 이런 드라마나 맡고 있는지 잘 알겠네요."

누구라도 들을 수 있을 만한 소리로 말했지만, 사실 조용한
이곳에서 작게 말했어도 못 들을 사람은 없었다.

그러자 열심히 원고를 작성하고 있던 사람들의 몸이 일순간
들썩였다.

정현영은 말없이 전화기를 들어 어딘가로 연결하더니 경비원
을 불렀다.

"사람을 불러놓고 이젠 쫓아내기까지 합니까? 당신만 바쁜 줄
알아요? 전 뭐 마음대로 오라 가라 할 수 있는 사람인 줄 아세
요? 작가면 답니까?"

현일의 말투는 공격적이었지만, 은근히 작가의 체면을 세워주
려는 뜻이 숨어 있었다.

그런 속뜻을 알아차린 건지 어쩐 건지 그제야 정현영이 입을
열었다.

"나갈 때 저것도 가지고 나가세요."

현일은 그녀가 가리킨 손끝을 바라보았다.

'봉투?'

검은 봉투에는 다량의 현금이 들어 있었다.

"이게 뭡니까?"

그 물음에도 그녀는 묵묵부답이다.

"아무런 이유도 없이 이 돈을 저보고 가져가라는 겁니까?"

"그건 오히려 제가 하고 싶은 말인데요?"

"예?"

"삼천만 원입니다. 이제 이해가 가시나요?"

현일은 정신이 번쩍 들었다.

쇠망치로 뒤통수를 얻어맞은 느낌이다.

'…실수했군.'

회사에서 준 걸로 적당히 포장해서 차근차근 넣어줘야 했다.

이런 식으로 그들에게 정당한 보수를 지급해 봤자 그들의 자존심에 상처를 입히는 것밖엔 안 되었다.

물론 정현영 외에는 모두 아쉽다는 눈빛을 보내고 있었지만 말이다.

이윽고 경비원이 도착했다.

"혹시 이하연 노래 좋아하십니까?"

'그래서? 좋아하면 어쩔 건데?'

정현영의 머릿속에 떠오른 물음이다.

이하연의 노래를 누가 작곡했는지는 상관없었다.

자신이 이하연의 음반을 전부 소장하고 있다는 것도 여기서는 전혀 신경 쓸 거리가 아니었다.

"저번 주에 막 120만 장째 팔려 나갔습니다."

'우리를 약 올리려는 건가?'

좌중의 공통된 생각이다.

"저 사람 끌고 나가세요."

"예. 같이 가주셔야겠습니다."

현일은 팔이 붙잡혔음에도 아랑곳하지 않고 나지막이 중얼거렸다.

"낙하산."

좌중의 몸이 다시 한 번 들썩였다.

이번엔 정현영도 예외가 아니었다.

사무실 안에 차가운 분위기가 내려앉았다.

'낙하산'이란 단어는 이 사무실에서 절대 사용해서는 안 되는 금기의 단어였다.

그녀의 자존심에 한줄기 흉터를 남기는 단어였으니까.

아니나 다를까, 그녀가 소리쳤다.

"경비원은 뭐 하시는 거죠?! 어서 끌고 나가지 못해요?!"

"제가 하연이를 처음 뮤직 홀릭의 무대에 세웠을 때, 공연이 끝나자마자 그 아이가 관객들에게 들은 말입니다."

그녀가 시선을 주었다.

경비원이 현일을 재촉하려 할 때, 정현영이 손을 들어 제지했다.

"계속해 보세요."

"처음엔 이름도 없는 작은 라이브 클럽에서 아르바이트를 하던 아이였습니다. 거기서 조금씩 노래를 부르던 아이를 발견했습니다. 이후엔 유명한 라이브 클럽을 거쳤습니다. 그 과정에서 여러 힘든 일도 있었고 낙하산이라는 비난에 엉엉 울기도 했지만, 어느덧 정식 가수로 데뷔했습니다."

"그래서요?"

그게 뭐 어떻다는 건가.

말투는 퉁명스러웠지만 그녀의 목소리엔 명백히 흥미가 담겨 있었다.

"지금은 플래티넘 히트 가수가 되었죠. 10대, 20대 여성들이 가장 닮고 싶어하는 가수, 음반 판매량 100만 장이 더 이상 꿈이 아니라는 걸 알려준 가수가 되었습니다."

"할 말은 그게 다인가요?"

"안 끝났습니다. 이 드라마를 흥행시키고 싶으시죠?"

"……."

"알고 있습니다. 젊은 나이에 힘들게 얻은 메인 작가의 자리인데, 장현수 작가님을 실망시키면 두 번 다시 얻지 못할 기회일지도 모른다. 그게 지금 당신의 심정 아닙니까?"

"당신이 저에 대해서 뭘 안다고 그러는 거죠?"

독사.

화려한 겉모습 속에 숨겨진 치명적인 독이 그 이빨을 드러내고 있었다.

하지만 이 순간 현일은 사냥꾼, 아니, 밀렵꾼이 되어 있었다.

현일의 감이 말하고 있었다. 무조건 잡아야 한다고.

이윽고 입을 열었다.

"여러 PD가 시나리오에 사사건건 간섭하는 게 싫지 않습니까?

"당연한 거 아닌가요?"

"미국으로 진출하고 싶지 않아요?"

"……."

그러자 정현영의 눈동자가 흔들렸다.

현일은 내심 회심의 미소를 지었다.

그녀의 마음을 움직이는 키워드를 알아냈다.

"제가 도와드리겠습니다."

"…무슨 수로 말이죠? 당신은 그저 작곡가예요. 하물며 이 드라마의 음악감독도 아니에요. 설사 음악감독이 된다고 하더라도 제작에 참여하지는 않아요. 그렇게 허락하지도 않을 거예요. 그런데 어떻게 저를 도와줄 셈인가요?"

이제 그녀의 말문이 트였다.

남은 것은 해답을 제시하는 것뿐.

현일은 음악이 재생되고 있는 스피커를 흘깃 보았다.

그곳에서는 피아노의 감미로운 선율이 인상적인 'River Flows In You'가 흘러나오고 있었다.

'음악을 들으면 작업에 더 집중할 수 있는 스타일인가?'

간혹 그런 사람이 있다.

음악과 함께 상상에 젖으며 영감을 뽑아내고 일의 능률이 향상되는 사람 말이다.

현일은 해답을 찾았다.

그야 음악은 자신의 전문 분야니까.

현일의 손끝이 가리키는 곳, 스피커로 좌중의 시선이 쏠렸다.

"저 노래만큼 좋은 노래를 작곡해 드리겠습니다."

이제 모든 이의 눈이 정현영에게로 향했다.

그녀가 무슨 대답을 꺼낼까.

그것이 지상 최대의 관심사인 듯 바라보았다.

곧 그녀의 입에서 나온 대답은 현일을 미소 짓게 하기에 충분했다.

"…일주일이에요. 제작이 시작되는 일주일 안에 가져오셔야 해요."

"약속하겠습니다. 대신에 저도 조건이 있습니다."

"뭐죠?"

"그쪽이 제 노래에 만족하시면 이것도 받아주시는 겁니다."

현일은 봉투를 들어 보였다.

부스럭거리는 소리가 실내에 감도는 긴장감을 가라앉혀 주었다.

정현영이 고개를 끄덕였다.

"좋아요."

*　　　　　*　　　　　*

GCM 작업실.

현일은 날밤을 새워가며 작업에 몰두했다.

책상 위에는 빈 몬스터 에너지 음료가 쌓여갔고, 팀 3D는 슬슬 현일의 건강 상태를 걱정하기 시작했다.

"야, 좀 쉬어가면서 해라."

"네."

"자꾸 그런 음료수 마시지 말고."

"네."

"내 말 듣고 있는 거 맞지?"

"제 몸은 제가 알아서 할 테니 가서 일보세요, 시혁이 형."

안시혁이 혀를 차며 방을 나갔다.

무엇 때문에 저리 미쳐 있는지 안타까워하는 눈치다.

'여기가 너무 날카로운 것 같아요. 좀 부드럽게 할 수 없어요?'

'이 파트는 계속 늘어지잖아요. 줄여요.'

'그렇다고 이렇게 많이 줄이면 어떻게 해요? 다시 조금만 늘려요.'

'이 전자음은 뭐예요? 전 이런 거 싫단 말이에요.'

'이 잡스러운 악기는 다 뭔가요? 전부 빼버리세요.'

'이건 이렇게 해주세요. 저건 저렇게 해주세요.'

'충분히 할 수 있죠?'

등등등…….

정현영은 자기가 마치 메인 프로듀서라도 된 것처럼 지속적으로 샘플을 요구하며 시정할 것을 명령했다.

물론 그녀의 음악적 취향에 가장 적합하게 만들 수 있다는 점은 좋았다.

하지만 그녀의 직업병인지 음악에 관한 용어를 몰라서 그런 건지 설명이 두루뭉술하고 워낙에 까다로운 탓에 현일은 그녀가 만족할 만한 결과가 나올 때까지 작업에서 손을 놓을 수 없었다.

'으으으, 이제 이틀 남았어.'

그 안에 River Flows In You에 못지않은 결과물을 가져가야만 했다.

'알아서 하세요', 그 말을 끝으로 더 이상 그녀가 훈수를 두지도 않았기에 작업은 더 힘에 부쳤다.

오로지 그녀 정현영만을 위한 곡.

전생과 현생을 통틀어 그 누구에게도 단 한 사람만을 위한 음악을 만들어준 적은 없었다.

팔기 위해 만드는 음악도 아니었기에 그냥 River Flows In

You를 편곡해서 줘버릴까 하는 생각도 들었지만, 그건 현일의 자존심이 용납하지 않았다.

"흐음……."

현일은 자신도 모르게 탄식했다.

'어째서냐.'

몇 번을 처음부터 갈아치웠는지 셀 수도 없었다.

아무리 노력해 봐도 에픽 등급은 떠주지 않았다.

정현영의 취향이 까다롭기 때문일까, 아니면 지금 컨디션이 나빠서?

그것도 아니면…….

'대체 뭘까?'

모니터 화면을 하염없이 쳐다보다가 문득 눈에 들어온 파일들.

Make Me Famous, 이하연, 맥시드 등등.

오로지 에픽 등급의 음악 하나를 만들기 위한 과정에서 나온 잉여 생산물이다.

하나같이 시장에 나오면 가요 차트에 폭풍이 휘몰아칠 만큼 상품성이 있는 작품들이다.

그것들로 음반을 낼 생각은 전혀 없지만 말이다.

이제 더 이상 레어 등급은 성에 차지 않았다.

최소한 GCM 소속의 가수들만은 에픽이 아니면 안 된다.

'정현영을 레어 음악으로 만족시킬 수는 없을 것 같고… 대체 뭘까? 생각해 보자, 생각.'

그렇게 현일은 깊은 상념에 빠져들었다.

······.

z······.

zz······.

zzz······.

"현일아!"

"으악! 까, 깜짝이야! 시혁이 형?"

"너 계속 여기서 그러고 있던 거야?"

"예… 예? 제가 뭘 했는데요?"

"너 아까 본 이후로 일곱 시간 지난 거 알아?"

"······."

현일은 즉시 시계를 확인했다.

오후 11시 반.

"너 진짜 푹 잤구나?"

"아, 큰일 났다!"

"뭐가 그리 큰일인데?"

"빨리… 빨리 만들어야 해요."

"그냥 차라리 나한테 넘기고 집에 가는 게 낫겠어. 너 그러다
진짜 훅 간다."

역시 팀 3D가 있어 든든하다는 생각이 들었다.

그러나 현일은 고개를 저었다.

"아니요. 이건 제가 해야 해요. 먼저 가세요. 전 여기서 하룻
밤 더 있어야 될 것 같아요."

안시혁이 혀를 찼다.

"잠시 기다려 봐. 내가 이불 깔아줄게."

그 말과 함께 안시혁이 사라지고 다른 이가 찾아왔다.

"야."

"아, 성재 형. 형도 아직 안 가셨어요?"

김성재가 엄지로 뒤쪽을 가리켰다.

"밖에 손님 왔다."

"네? 누구요?"

"니 애인."

"예?"

"시혁이는?"

"침구 가지러 갔어요."

"그래? 오면 먼저 퇴근했다고 전해줘."

"네. 아 참, 지영이는요?"

"비 와서 먼저 갔어."

"나갈 때 찾아온 사람 여기로 오라고 해주세요."

"음."

'누구야, 이 시간에 찾아오는 사람이?'

김성아였다.

"이 시간에 무슨 일이야?"

"드릴 말씀이 있는데 전화를 안 받으셔서요. 내일은 온종일 스케줄이 꽉 차 있어서 연락드리기가 힘들어요. 그래서 가는 길에 잠시 들른 거예요."

"톱스타는 힘들구나."

"작곡가도 만만치 않아 보이는 걸요?"

그녀는 그렇게 말하며 책상에 탑처럼 쌓인 에너지 음료를 가리켰다.

현일이 피식 웃었다.

"밖에 비 온다던데, 많이 와?"

"네. 다행히 오늘은 차를 가져와서 별로 안 젖었네요."

"할 말이 뭔데?"

"얘기 들었어요. CL E&M 쪽 CP랑 한바탕하셨다면서요? 왜 그러셨어요?"

현일은 한숨을 내쉬었다.

"그래. 난 그렇게 다른 사람들이 피땀 흘려서 이뤄낸 걸 등쳐 먹는 인간들이 세상에서 제일 싫어."

김성아는 알 수 있었다.

현일이 진심으로 분노하고 있다는 사실을.

그래서 더 묻지 않았다.

"그나저나 출연 안 하기로 결정하신 거예요?"

"응."

"생각도 안 해보셨죠? 다 알아요."

"이게 내 평생의 업(業)이야."

현일은 작업용 컴퓨터를 톡톡 두드렸다.

빙긋 웃으며 모니터를 바라보는 현일의 눈에서는 빛이 나고 있었다.

진정으로 행복과 열정을 다해서 자신의 인생을 바칠 수 있는 사람만이 가질 수 있는 빛이었다.

그런 눈빛을 가질 수 있는 사람은 그녀도 몇 명 보지 못했다.

그렇기에 더 이상 현일에게 부탁할 수가 없었다.

팅!

"으앗!"

팔을 움직이다가 기어코 공들여 세운 탑(?)을 건드리고 말았다.

음료 캔들이 바닥으로 주르르 쓰러졌다.

다행히 내용물이 있는 캔은 없었다.

"아, 어떡해! 제가 치워드릴게요!"

"아냐, 됐……."

마침 가까이 있던 캔을 잡기 위해 뻗은 현일의 손등 위로 또 하나의 손이 부지불식간에 겹쳐졌다.

"…어?"

김성아의 볼이 순식간에 붉게 물들었다.

"아……."

자신도 모르게 손을 떼버린 그녀가 탄식을 흘렸다.

앉은 것도 아니고 서 있는 것도 아닌 엉거주춤한 모습으로 둘의 얼굴이 마주쳤다.

그리고 그런 둘의 모습을 발견한 한 사람이 있었다.

"이불 하나 더 깔아줘? 아니면 하나로 충분한가?"

"아, 안녕하세요? 버, 벌써 시간이 이렇게 됐나? 아하하하! 안녕히 계세요!"

김성아가 시야에서 사라지는 것을 확인한 현일이 안시혁에게로 시선을 옮기며 대답했다.

"…하나면 돼."

\*　　　　\*　　　　\*

'또다시 고뇌의 시작인가.'

다음날 아침 일어난 현일은 샤워와 식사를 끝내고 다시 자리에 앉았다.

'River Flows In You'는 오로지 피아노만으로 이루어진 곡이니까 한번 아르페지오를 전부 빼볼까?'

베이스와 드럼은 피아노, 기타와 같은 여러 악기와 좋은 화음을 이루고 곡의 흥을 한층 돋워준다.

그렇기에 밴드에서는 필수 악기나 마찬가지였고, 비단 락뿐만 아니라 여러 장르의 음악에도 자주 사용된다.

흔히 다른 악기 소리에 묻혀 잘 안 들린다고 하지만, 만약 베이스와 드럼 파트를 빼버리면 허전함을 느낄 수 있을 것이다.

그렇지만 현일은 그 두 악기를 과감히 삭제했다.

['Inspiration Flows In You'의 등급에 변화가 없습니다.]

'등급엔 차이가 없어도 등급마다 나름의 격차는 존재한다. 이 경우엔 대중성이 떨어졌겠지. 아니, 가만.'

대중성.

그 단어를 떠올리니 문득 떠오른 생각이 있었다.

'그래, 음악의 등급은 분명 대중의 취향과 곡의 퀄리티에 따라 결정된다고 했지?'

그런데 이 노래의 경우엔 대중의 취향은 전혀 고려하지 않았다.

오로지 정현영이라는 단 한 사람만을 위한 음악이었다.

그렇다면 답은 하나밖에 없었다.

'퀄리티만으로 레어 등급에 오른 거였나?'

드디어 정답을 찾았다.

어째서일까.

허탈함과 기쁨이 동시에 찾아왔다.

현일은 즉시 전화를 걸었다.


＊          ＊          ＊


CL E&M 제작진 회의실.

"결국 김성아 배우는 조연으로 결정됐습니다."

캐스팅 디렉터가 서훈제에게 보고했다.

"뭐, 어쩔 수 없지."

그가 입맛을 다셨다.

그러나 한편으론 안심이 되기도 했다.

소문이 사실이라면 언젠가는 이혜경과 얼굴 마주칠 사이가 될지도 모르는데 그때 가서 서로 얼굴 붉히는 일은 없을 테니까.

서훈제는 테이블에 발을 올리며 의자에 몸을 눕혔다.

그의 말이 이어졌다.

"하~ 나도 문 PD처럼 계약금 거하게 받고 외주 제작사로 나가고 싶은데… 나한텐 언제 그런 행운이 찾아오려나 모르겠네. 거물급 배우는 미스 캐스팅에 작가팀은 제멋대로지, 나도 이 자리까지 올라서 승승장구하나 싶었더니만 웬 이상한 프로젝트에 코가 꿰여가지고……"

"에이, 그게 뭐 운만으로 되는 부분입니까? 실력이 있어야죠. 그리고 이 드라마도 엄연히 외주 제작인데요."

서훈제가 그를 째려보며 앞에 놓인 물병을 집어 들었다.

"근데 이 자식이 선배님이 말씀하시는데 자꾸 하나하나 토 달고… 확 그냥!"

"으아아악!"

이윽고 서훈제는 한숨을 내쉬며 체념하듯 그의 말에 수긍했다.

"하긴 뭐… 문 PD는 그럴 만한 인재긴 하지. 작가로 시작해서 PD가 되는 경우는 거의 없으니까."

"그나저나 우리 드라마 1회 대본은 아직 완성 안 됐습니까? 촬영이 코앞인데요."

서훈제가 혀를 차며 고개를 저었다.

"아니. 계속 시나리오가 반려당하니까 이젠 거의 배 째라는 식이야."

"그냥 잘라 버리고 다른 작가로 대체하면 되지 않습니까? 대체할 사람은 얼마든지 있을 텐데요."

일거리를 기다리고 있는 드라마 작가는 많았다.

한데 간단히 해결될 문제를 놔두고 있는 서훈제가 의아한 연출팀 PD이다.

"다른 때 같았으면 진작 그렇게 했겠지. 근데 배경이 있으니까 문제인……"

벌컥.

"3회까지의 시나리오예요. 이제 됐죠, 서훈제 프로듀서님?"

"크흠!"

혹여 둘의 대화를 들었을까 머쓱해진 그가 헛기침을 하고는 시나리오를 읽어 내려갔다.

순식간에 3회분의 극본을 읽어 내린 그가 마침내 입을 열었다.

"이거… 주인공 말인데, 다음 편에서 어떻게 되나?"

*     *     *

정현영 작가의 집.

평소와 다름없이 잔잔한 클래식과 뉴에이지 음악이 흐르는 그녀의 집안에 때 아닌 대중가요가 울려 퍼졌다.

─찬란한 달빛 아래에서…….

바로 정현영의 전화 벨소리.

이하연의 노래였다.

아이돌 노래는 다 거기서 거기이다.

근래 우리나라 대중음악 작곡가들은 죄다 그런 소음밖에 만들지 못한다고 생각했다.

정현영이 가진 그러한 인식을 조금은 바꿔준 가수이며 노래이다.

스마트폰 화면에 찍혀 있는 전화번호에 그녀의 얼굴에 저절로 미소가 그려졌다.

최근 며칠 동안 여러 PD에게 받은 간섭과 잔소리 때문에 쌓인 스트레스는 현일과 함께하는(?) 음악 작업으로 날려 보낼 수 있었다.

수십 개의 샘플을 들어보았다.

물론 샘플이기에 1~2분 내외의 짧은 곡들이었지만, 재생되고 있는 순간만큼은 그녀에게 그 어느 때보다도 달콤하고 꿈같은 시간이었다.

처음엔 별 기대도 안 했다.

무심코 플레이해 본 첫 번째 샘플은 그럭저럭 괜찮았다.

그래도 약속한 것이 있으니 두 번째, 세 번째도 들어보았다.

네 번째, 다섯 번째, 여섯 번째…….

그러다 어느 순간 현일의 음악에 심취해 있는 자신을 발견하게 되었다.

그 사실을 깨달았을 땐,

'말도 안 돼.'

그렇게 생각했지만 이젠 확신할 수 있었다.

그만이 자신의 갈증을 채워줄 수 있음을.

비록 자신이 종사하는 분야가 아닐지라도 작가로서의 인생을 시작할 때부터 꿈꿔온 판타지를 실현시킬 수 있었다.

자신의 손으로 그토록 바라던 작품을 완성시킨다는 판타지.

현일은 그것을 충족시켜 주었다.

―접니다. 최현일.

"네, 말씀하세요."

―완성했습니다. 오늘 찾아가겠습니다.

"알았어요. 기대할게요."

말투는 여느 때와 같이 도도했으나 이미 그녀의 얼굴엔 함박웃음이 가득했고, 침대 위엔 여러 가지 옷이 가득 쌓여 있었다.

"오늘은 원피스를 입을까? 아냐, 블라우스? 이것도 아니고… 와이셔츠?"

전신 거울 앞에서 이것저것 몸에 대보았다.

평소에도 패션에 신경을 많이 쓰는 그녀였지만, 오늘은 그 시간이 특별히 더 길었다.

"좋아, 이걸로 결정."

한껏 멋을 부리고 회사로 출근했다.

정현영이 사옥을 걸으면 주위에서 남녀 할 것 없이 끊임없이 시선을 보내왔지만, 눈길도 주지 않은 채 사무실로 직행했다.

그녀가 문을 열고 들어섰다.

그 모습이 마치 봉오리를 열고 피어나는 장미꽃 그 이상의 무언가를 연상하게 만들었다.

보조 작가의 입에서 자연스레 감탄사가 흘러나왔다.

"와!"

분명 같은 사람일진대 어제보다 더 아름다워진 것 같았다.

여자들의 미(美)에 대한 질투심조차도 감히 갖지 못하게 만들 정도로 도저히 범접할 수 없는 매력을 뿜어내고 있었다.

똑똑.

보조 작가들의 그러한 시선도 신경 쓰지 않고 오늘의 지시 사항을 전달하려 할 때, 노크소리가 들려왔다.

'벌써 왔나?'

그녀는 기쁜 마음으로 문을 열었다.

"오셨군요."

"온다고 했으니까요."

일전의 검은 봉투와 주전부리를 들고 온 현일은 주머니에서 USB를 꺼냈다.

정현영은 그 USB를 신줏단지 모시듯 받아 들더니 잽싸게 오디오에 꽂았다.

곧이어 피아노의 향연이 시작되었다.

5분 남짓한 짧은 시간이었지만, 그녀는 몸이 하늘로 떠오른 것만 같은 황홀함에 젖어들었다.

입가에 그려진 미소가 사그라질 줄 몰랐다.

'다행이네.'

내심 조마조마하던 현일의 긴장감이 눈 녹듯이 사라졌다.

차분히 눈을 감고 감상하던 그녀가 이내 나지막이 입을 열었다.

"마음에 들어요."

"합격인가요? 그럼 약속대로 이것도 받으시는 겁니다?"

"미안해요. 받기만 해서."

그 말에 보조 작가들의 입이 벌어졌다.

정현영은 지금껏 한 번도 누군가에게 먼저 미안하다는 말을 한 적이 없었다.

저렇게 뭔가에 기뻐하는 모습도 마찬가지이다.

"전 제가 드릴 수 있는 최고의 음악을 작곡해 드렸습니다. 그러니 작가님께서도……."

"정현영. 그게 제 이름이에요."

"현영 씨도 저에게 보여주실 수 있는 최고의 스토리를 만들어주세요."

"네, 꼭 그렇게 할게요."

"혹시 줄거리를 볼 수 있을까요?"

"외부인한텐 공개하면 안 되는데……."

현일의 요청에 그녀는 잠시 고민했지만, 이내 긍정적인 답변이 돌아왔다.

"현일 씨에게만 보여드리는 거예요."

건네받은 시나리오를 죽 읽으면서 절로 고개가 끄덕여졌다.

새삼 정현영의 재능에 속으로 혀를 내둘렀다.

'역시.'

그때 이 드라마를 보면서 '이런 전개라면 어땠을까' 하며 아쉽던 장면들이 그대로 적혀 있었다.

'12부작이라는 게 아쉬운걸.'

이대로만 된다면 최소한 전생처럼 처참한 성적은 면할 수 있을 것 같았다.

그렇다면 이 드라마가 망한 가장 큰 이유는 하나였다.

간섭이었다.

"정말 아쉽습니다. 이렇게 훌륭한 각본이 윗사람들의 입맛에 좋을 대로 수정된다는 게……."

"이젠 그렇지 않아요."

"그렇습니까?"

"네. 요즘 저의 시나리오가 마음에 드나 봐요. 반려되는 각본이 많이 줄었어요."

"다행이네요. 꼭 하시는 작품이 대박 나길 기원하겠습니다."

그녀가 빙긋 웃었다.

"이렇게나 좋은 노래까지 받았는데 그 정도는 해야겠죠?"

"그럼."

현일은 발걸음을 돌렸다.

사무실을 나서기 위해 문고리를 잡았다.

"저 혹시… 촬영할 때 오실 건가요?"

"네."

문을 열자 누군가가 서 있다.

"어? 작곡가님?"

"김성아? 네가 여긴 어떻게……?"

"그건 제가 하고 싶은 말이에요. 작곡가님이 여긴 어쩐 일이세요?"

"그야… 일하러 왔지. 너는?"

"저는 대본 수정하러 왔죠."

작가들만 있는 곳에 무슨 일을 하러 왔는지 납득이 안 갔지만 어쨌든 대답은 해주었다.

한편, 정현영은 김성아의 등장이 못마땅한지 이마에 살짝 주름이 잡혀 있다.

물론 여느 때와 같이 김성아가 없는 것처럼 행동했지만.

김성아는 정현영에게 다가가 면전에 대본을 들이밀었다.

그러더니 검지로 특정 대사를 가리키며 따지기 시작했다.

"정현영 작가님, 죄송하지만 이 대사를 수정해 주시면 좋겠는데요?"

"제가 보기엔 전혀 문제가 없어 보이는데요, 김. 성. 아 배우
님? 이 대본엔 더 추가할 것도 없고 뺄 것은 더더욱 없답니다.
무엇보다 작가는 저예요. 그렇게 대본을 바꾸고 싶으면 직접 쓰
지 그래요?"

"분명히 이렇게 하지 말아달라고 했거든요? 아니, 이 대사 좀
보시라구요! 세상에 이런 식으로 말하는 사람이 어딨어요?"

정현영이 팔짱을 끼며 한쪽 입꼬리를 올렸다.

"할 말은 그게 다인가요?"

"……"

"이미 제작진도 모두 좋다고 인정한 대본이에요. 그리고 세상
에 이렇게 말하는 사람이 있을지 없을지 어떻게 알죠? 70억 인
구를 다 만나보셨나 보죠?"

"정말 그렇게 유치하게 나오실 거예요?"

"유치하다니요? 지금 남 일하는 데 와서 떼쓰고 있는 게 누군
데요?"

둘의 눈에서 스파크가 튀는 것만 같다.

현일은 김성아에게 저런 면도 있구나 하며 놀랐다.

그녀가 현일 쪽으로 고개를 돌렸다.

"그럼 작곡가님께 물어보죠. 누구의 말이 맞는지 말이에요."

"좋아요."

'……?'

김성아는 어째선지 자신만만한 모습을 보이는 정현영 때문에
불안해졌다.

현일은 대본을 읽어보았다.

모두의 시선이 현일에게로 모아졌다.

네 여자의 눈길을 한 몸에 받고 있는 것은 부담스러웠으나 싫지는 않았다.

특히나 두 미녀가 자신의 말에 따라 희비가 엇갈리는 상황은 제법 자릿한 맛이 있었다.

'빨리… 빨리 내가 옳다고 말해줘요.'

설마설마하는 눈으로 쳐다보는 김성아는 답이 지체될수록 초조해져만 갔다.

현일은 순간 대답을 해야 하나 말아야 하나 난감했지만, 모두가 자신이 입을 열기만을 기다리고 있는 상황이기에 최대한 정석적이라 판단한 답변을 내놓았다.

"아무래도… 현영 씨의 뜻대로 하는 게 낫지 않을까요? 일단 이쪽 분야에 대해서 전문적으로 공부하신 분이고 경력도 있을 테니까요. 시놉시스도 좋았고, 음……."

그러자 둘의 표정이 확연하게 극과 극으로 변해갔다.

"역시 현일 씨가 안목이 있군요."

정현영이 회심의 미소를 지어 보였다.

그럴수록 김성아의 얼굴엔 짙은 그늘이 드리워졌다.

'혀, 현일 씨……?'


\*　　　　\*　　　　\*


뱀파이어의 연예계 생활 촬영 현장.

"어? 안녕하세요! 현일 오빠도 오셨네요?"

세트장에서 이하연이 가장 먼저 인사를 해왔다.

"일이 좀 있어서 왔지. 너한테 해줄 말도 있고."

그녀가 의아한 표정을 지었다.

"저한테요?"

"음. 좀 이따 노래 부를 때 말인데, 내가 예정된 곡을 살짝 편곡해서 가져왔거든. 네가 노래 분위기에 맞춰서 적당히 각색해서 불러주면 돼."

"어떤 식으로 한 거예요?"

"그냥 MR을 피아노로 바꿨어. 원곡보다 키가 낮으니까 더 편하게 부를 수 있을 거야."

"알았어요."

"드라마에 나오는 건 처음이지?"

"네."

"그래, 열심히 해. 조만간 휴가 줄 테니까."

"네! 감사해요!"

그렇게 둘이 이야기를 나누고 있을 때, 김성아가 도착했다.

두 사람의 눈이 분명 마주쳤지만 그녀는 모른 척 지나가 버렸다.

"성아야!"

현일이 소리치자 그녀가 흘깃 쳐다보았으나 여전히 무시했다.

"김성아."

"왜요?"

그녀가 휙 돌아보며 인상을 찌푸렸다.

아무래도 사무실에서의 일이 서운했던 모양이다.

"삐쳤구나?"

"안 삐쳤어요."

"삐쳤네."

"……."

시선을 회피하며 묵묵히 팔짱을 끼고 있다.

"물론 대사가 마음에 안들 수도 있어. 그래도 넌 어떤 대본이라도 훌륭하게 소화해 낼 수 있잖아. 그래서 그렇게 말한 거야."

현일의 해명하자 잠깐 쳐다보더니 다시 고개를 돌렸다.

"이제 와서 변명하셔도 안 통하거든요?"

그렇게 말했지만 입꼬리가 살짝 올라간 걸 보면 조금은 그녀의 기분이 풀린 것 같았다.

"다음번엔 꼭 뮤직 스테이션에서 공연하게 해줄게."

"…도쿄돔."

그녀가 작게 중얼거렸다.

"응?"

"도쿄돔에서 공연하게 해주시면 봐드릴게요."

"알았어."

"약속하신 거예요?"

"알았다니까."

현일은 도쿄돔이란 말에 JSP 엔터테인먼트의 쿠도 준이치를 떠올렸으나, 이내 고개를 저었다.

그것도 하나의 방법이긴 하지만 굳이 그가 아니라도 김성아의 커리어라면 충분히 가능할 것이다.

이미 그녀의 인지도는 일본에도 널리 알려져 있었다.

소란스럽던 스튜디오가 갑자기 조용해져 뒤를 돌아보았다.

어느덧 분주하게 움직이던 제작진이 행동을 멈추고 하나둘씩 자리를 잡기 시작했다.

아니나 다를까, 서훈제 프로듀서가 준비가 끝났음을 알려왔다.

"이제 촬영 시작하겠네요. 작곡가님은 어쩌실 거예요?"

"나도 일하러 가야지."

"나중에 봬요."

"음."

유유자적 카메라 앞으로 걸어가는 김성아와 제작진 틈에서 열심히 대본을 외우고 있는 이혜경의 모습이 상당히 대조적이다.

곧 누군가 슬레이트를 쳤다.

\*           \*           \*

CGW 영화관.

"이게 뭐야?"

현일은 영서에게 자신의 이름으로 된 신용카드를 보여주었다.

한눈에 봐도 찬란한 무지갯빛이 번쩍인다.

"CL 스타 카드야. CL그룹이 스타로 인정한 사람에게만 발급해 주는 카드."

영서가 피식 웃었다.

"형이 스타는 아니지 않아?"

"반드시 스타여야만 되는 건 아니고, 그들 나름의 기준이 있 겠지. 나처럼 스타를 키워내는 사람도 있으니까."

"그럼 맥시드랑 MMF는 다 받았겠네?"

"아니, 맥시드는 미성년자잖아. 당연히 신용카드가 안 나오지. MMF는 전부 받았고."

"아, 근데 하연이는 왜 못 받은 거야? 그런 카드 없던데?"

"첫 번째 기준이 CL에서 주최한 행사나 방송 등에 출연한 적 이 있어야 돼. 하연이는 얼마 전에 뱀파이어의 연예계 생활 출연 했잖아. 회사에서 신청해 놨으니까 조만간 발급될 거야."

"아, 그래서 하연이를 그 방송에……?"

"응."

그러자 영서가 알겠다는 듯 고개를 끄덕였다.

"근데 그거 있으면 뭐가 좋은 거야?"

"일단 CGW 영화 티켓 두 장을 공짜로 줘. 그것도 매일."

"진짜?"

"음. 그리고 골드클래스 좌석이랑 CL 푸드 빌과 CL과 제휴가 되어 있는 고급 식당에서 모든 음식을 50% 할인해 줘. 무제한으 로."

"와, 그건 너무 심한 거 아니야? 오히려 손해가 날 것 같은데."

CL의 임직원 카드도 35% 할인이다.

한데 스타 카드는 그보다 더 높은 수준이니 그렇게 말하는 영 서가 이해는 되었다.

그러나 몇 년 후에는 할인에 한도가 생긴다.

푸드 빌은 하루에 20만 원, 고급 음식점은 하루에 50만 원.

연예인들 사이에서 돌던 소문에 의하면 모 개그맨이 제과점에서 할인된 빵을 대량으로 사다가 본인이 운영하는 피시방에서 팔아서 그렇단다.

본인은 빵을 좋아하시는 엄마가 집에다 사놓은 거라고 해명했지만, 진실은 저 너머에 있었다.

"말 그대로 스타잖아. 스타들이 회사의 상품을 이용해 주는 것만으로도 홍보가 되니까 그런 거지."

영서가 눈매를 가늘게 좁혔다.

"물론 말은 되는데… 그렇게 따지면 형이 그걸 이용한다고 해서 홍보가 될 것 같지는 않은데?"

"이 녀석이?"

"아앗!"

현일은 동생에게 꿀밤을 한 대 먹여주었다.

사실 영서의 말도 일리가 있긴 했다.

사람들로 북적이는 이 영화관 안에서도 현일을 알아보고 다가오는 사람은 단 한 명도 없었다.

'오히려 그게 편한 거지.'

현일은 좋게 생각하기로 했지만, 한편으로는 가족에게만큼은 자신의 잘된 모습을 보여주고 싶은 마음도 있었다.

"오빠, 우리 영서를 왜 괴롭혀요!"

"하, 지연아."

어느새 도착한 이하연이 따지고 들었다.

'우리 영서라니……'

손발을 가라앉히고 문득 든 의문을 얘기했다.

"지연이라니?"

"아, 밖에서는 그렇게 불러."

현일은 고개를 끄덕였다.

큼지막한 선글라스를 쓴 탓에 이하연의 눈은 안 보였지만 살짝 찌푸려진 이마는 그녀가 화가 났음을 대변해 주고 있었다.

상황을 수습하기 위해 재빨리 영서에게 카드를 건네주었다.

"난 팝콘만 사주고 갈 거니까 오늘 이걸로 둘이서 실컷 놀아라."

"어? 혹시 이건 말로만 듣던 그 카드인가요?"

역시나 풋풋한 아가씨라서 그런지 금세 그녀의 신경은 온통 스타 카드에 쏠렸다.

"음."

"우와, 저 만져 봐도 돼요?"

"그럼."

얼마간 카드에 대해 이야기를 나누고 영화가 시작할 시간이 되었다.

현일은 팝콘을 사기 위해 직원에게 카드를 주며 농담을 던졌다.

"평소보다 되게 열정적으로 일하시네요. 누가 감시라도 해요? 하하!"

"오늘 새로 취임하신 이사님께서 현장을 시찰하러 오셔서요."

"그렇군요."

한눈에 봐도 고급스러운 양복을 빼입고 양옆에 부하 직원을 대동한 사람이 떠올랐다.

'아까 밑층에 있던 그 사람인가 보군.'

"네, 11,000원 결제되셨습니다."

"예? 뭐라고요?"

"11,000원 결제됐다고요."

"아니, 그거 50% 할인되는 카드 아닌가요?"

그러자 직원이 무슨 소리냐는 듯 대답했다.

"50% 할인이요? 그런 건 없는데요."

기구하게도 스타 카드의 할인은 전산 서버에서 자동으로 처리되는 곳도 있지만, 아직 그렇지 않은 곳도 많이 존재했다.

이곳은 직원이 포스기를 직접 조작하여야 됐다.

하지만 알바생이 그런 걸 알 리 만무했다.

"다시 확인해 주실래요?"

"손님, 제가 여기서 3개월 동안 일해서 아는데, 그런 거 없다니까요? 쿠폰도 아니고 50% 할인해 주는 카드가 세상에 어딨어요?"

"여기 있습니다."

"웃기는 양반이네. 뒤에 사람 기다리니까 환불하시든지 그냥 사시든지 하세요."

현일은 고개를 돌렸다.

아까 본 그 사람이 올라오는 것을 확인하며 이하연에게 작게 속삭였다.

"하연아, 사람들 쳐다보니까 먼저 들어가 있어."

"네."

이내 직원을 보며 크게 소리쳤다.

"이 영화관은 직원들 교육을 이따위로 합니까?! 예?!"

그러자 화들짝 놀란 직원들이 현일에게 다가왔다.

카드 할인에 대해서 설명해 주었지만, 알바생 다섯이 달라붙어도 문제를 해결하진 못했다.

"죄, 죄송합니다. 이런 건 처음 봐서……."

"아니, 글쎄, 그런 건 없다니까 자꾸 그러네, 이 사람이."

직원이 결국 매니저를 호출했다.

"뭐야?"

"이 사람이 나한테 소리를 지르네. 어떻게 좀 해봐."

둘은 형제인 모양이다.

'그 나물에 그 밥이군.'

"손님, 죄송하지만 소란을 피우시면 경비를 부르겠습니다."

"부르세요."

"잠시만 기다리십시오."

"무슨 일인가?"

누군가가 끼어들었다.

"안녕하십니까, 조 이사님?"

"안녕하세요."

"안녕하……."

직원들이 일제히 고개를 숙였다.

"무슨 일이냐고 묻지 않나?"

"아, 그게 여기 계신 손님께서……."

조 이사와 현일의 눈이 마주쳤다.

현일은 자초지종을 늘어놓았다.

이윽고 조 이사가 말했다.

"그 카드 좀 볼 수 있을까요?"

"이겁니다."

매니저는 그 카드의 정체를 한눈에 알아보았다.

오랫동안 본 적이 없어 잊고 있다가 직접 보고 나니 기억이 난 것이다.

50% 할인이 적용되는 단 하나의 카드.

그것을 가지고 있는 남자의 정체 따윈 아무래도 좋았다.

그저 이 상황을 어떻게 모면할까 하는 생각뿐이었다.

그의 목이 연신 울렁거렸다.

이윽고 조 이사가 매니저에게 말했다.

"자네, 나중에 나 좀 잠깐 보지."

"예, 옙!"

"그리고… 작곡가라고 하셨죠?"

"네."

"부탁이 있습니다."

*      *      *

정현영 작가의 사무실.

"현일 씨, 여긴 어쩐 일이세요?"

"이쪽 가수들이랑 볼일이 있어서 온 김에 잠깐 들렀습니다."

"잘 오셨어요."

정현영은 사무실에 들어서는 현일을 보자마자 쪼르르 다가왔다.

지척으로 다가온 그녀가 다짜고짜 현일을 껴안았다.

'……?'

달콤한 샴푸 향이 코를 간질였다.

"혀, 현영 씨?"

사무실 내의 모든 인원이 무어라 소곤거리며 둘을 보고 있는 상황.

현일은 갑작스러운 그녀의 돌발 행동에 당황했다.

그 사실을 아는지 모르는지 그녀는 현일을 계속 껴안은 상태로 해맑게 웃으며 입을 열었다.

"우리 드라마가 MBM 채널에서 방송되는 프로그램 중 4주 연속 시청률 1위를 차지했어요! 회차도 25부작으로 연장됐고요!"

"저도 그 소식 들었습니다. 그렇게 재밌는 드라마가 12부로 끝나 버리면 너무 아깝죠."

방송분을 보니 확실히 현일의 기억과는 스토리가 많이 달라져 있었다.

드라마를 보면서 드문드문 기억이 나는 장면들은 바뀐 시나리오가 가려운 등을 시원하게 긁어주었다.

주인공의 연기 실력이 썩 좋은 수준이 아니라는 비판도 있었지만, 사람들은 하나같이 스토리에 대해서는 칭찬 일색이었다.

보통 늘어난다 해도 4~5회 정도이다.

후속 드라마 편성 문제 때문에 불허되는 경우가 많았다.

때문에 13회나 더 늘어난 것은 실로 엄청난 흥행이 아닐 수 없었다.

정현영이 현일의 칭찬에 기쁘게 미소 지었다.

그동안 얼마나 힘들었는가.

각고의 노력 끝에 비교적 젊은 나이에 메인 작가라는 위치에 오를 수 있었다.

그러나 일반적인 드라마 작가가 갖는 입지도 좁거니와 그마저도 PD들의 입김 때문에 자신이 진정 원하는 대본을 쓰기가 힘들었다.

심지어 자신보다 나이가 많은 보조 작가들의 시기와 질투를 받기도 했다.

현일을 올려다보는 그녀의 눈망울이 촉촉하게 젖어 있다.

그녀의 등을 토닥여 주는 것으로 포옹에 호응해 주었다.

"…그거 알아요?"

"네?"

"현일 씨의 음악은… 뭐라고 해야 할까, 마치 마법 같아요."

"마법이요?"

"잘 모르겠어요. 그냥… 듣고 있으면 영감이 가득 차올라요. 어떻게 대본을 써야 할지가 확실하게 보여요. 어떤 때는 음악을 틀어놓고 잠이 들면 꿈속에서 시나리오가 보이기도 한답니다."

"흠, 왜 그럴까요?"

그녀의 말투는 부드러웠지만 시선은 강렬했다.

어서 너의 비밀을 털어놓으라고 말하는 것 같은 눈빛이다.

물론 말해봐야 믿지도 않을 것이고, 말해주고 싶은 생각도 없었다.

그녀는 일순간 '진짜 노래에 마법이라도 부렸나?' 하는 생각이 들었지만, '그럴 리가 없지'라는 자답과 함께 현일의 등허리를 감싸고 있던 팔을 풀었다.

"그나저나 사무실 안이 많이 허전해진 것 같은데요?"

"그래요? 에어컨도 들여놨는데 왜일까요?"

둘은 농담을 주고받으며 작게 웃었다.

사무실의 모습은 뱀파이어의 연예계 생활이 방송되기 전과는 확연히 달라져 있었다.

일단 숨 막힐 것 같던 좁은 방에서 두 배 이상 넓은 곳으로 이전되었고, 보조 작가가 네 명이 더 늘어 있었다.

"이제 조만간 대작가 한 명이 탄생하는 건가요? 이거 미리 사인이라도 받아야 될 것 같은데요."

"후훗, 원하신다면 언제든지 해드릴게요."

"웬일이니, 웬일이니."

"정현영 작가님에게 저런 모습이 있었다니……."

"그러게 말이야. 얼굴만 봐도 무뚝뚝해 보여서 말도 걸기 힘들었는데……."

보조 작가들의 가십거리가 생겼다.

Chapter 7
붉은 혜성

"조한용입니다."

조한용은 자신을 소개했다.

최근에 CGW의 이사로 오른 사람이다.

아까 매니저가 동생과 함께 울상을 하며 영화관을 나가는 것을 보며 현일은 조한용과 매니저의 대기실로 들어갔다.

"무슨 부탁입니까?"

현일은 그런 사람이 자신에게 무슨 볼일이 있을까 생각하는데 그의 입에선 과연 그럴 만한 이야기가 흘러나왔다.

"작곡 의뢰입니다. 제 아들에게 노래를 하나 만들어주십사 부탁드립니다."

"그렇군요. 가수 지망생인가요?"

그가 커피를 들이켜고는 고개를 저었다.

"아닙니다. 현직 가수예요. 혜성이라는 그룹 혹시 들어보셨습니까?"

"그 3인조 발라드 그룹 말씀이군요?"

조한용의 굳어 있던 얼굴이 살짝 풀어졌다.

현일이 혜성을 알고 있다는 사실에 약간은 안도한 듯했다.

"하긴, 작곡가신데 모를 리가 없겠지요. 그 그룹의 조남호라는 녀석이 제 아들입니다. 혜성이 데뷔한 지는 몇 년 되었는데 불행히도 뜨지를 못했습니다."

"일주일에 방송을 몇 개나 찍습니까?"

"방송이 아니라 스케줄을 모두 통틀어도 네다섯 개밖에 안 됩니다. 불러주는 데가 있어야지……."

그는 푸념하듯 말하고는 크게 한숨을 내쉬었다.

그 네다섯 개 정도도 조한용 이사가 자신의 힘으로 어찌어찌 구했으리란 사실은 어렵지 않게 짐작할 수 있었다.

"혜성의 노래는 저도 들어봤습니다. 솔직하게 말씀드리자면 혜성의 노래는 하나같이 곡의 진행이 단조롭습니다."

"그렇습니까?"

"네. 최근엔 그나마 나아졌지만 초반의 곡들은… 단도직입적으로 아마추어 작곡가가 만든 것 같습니다. 어떤 부분에서 어떻게 사람들에게 감동을 줘야 할지를 전혀 모릅니다. 길게 끌어야 할 부분은 짧게 쳐버리고 그 반대인 경우도 많고요. 특히 1집 미니 앨범은 노래에 사용된 악기가 전부 똑같습니다."

사용된 악기만 같은 수준이 아니었다.

자가 복제.

작곡가가 과거에 성공한 노래를 모방하는 것이다.

비단 작곡가뿐만이 아니라 여러 창작가에게서 나올 수 있는 문제였다.

흔히 슬럼프에 빠지거나 운으로 뜬 경우, 그리고 원 히트 원더들에게서 그런 패턴이 많았다.

어차피 자기가 만든 것이기에 표절은 아니지만, 자가 복제를 하다가 슬럼프에서 헤어 나오지 못한 작곡가를 현일은 여럿 보았다.

혜성의 케이스가 특히 더 안 좋은 건 성공하지 못한 곡인데도 불구하고 계속해서 자가 복제를 한다는 것이다.

"으음, 그 정도로군요. 지금은 외주를 주어 곡을 받는데 초창기 때 곡은 대부분 강민수가 직접 만든 걸로 알고 있습니다."

그나마 지금 받는 노래도 그다지 실력이 있는 작곡가가 만든 게 아니었다.

"차라리 비싸더라도 유명한 작곡가를 쓰는 게 나은 선택일 수도 있는데 왜 굳이 그런 겁니까?"

"물론 접촉을 해봤죠. 하지만 거절하더군요."

"아!"

현일은 탄식을 내뱉으며 고개를 끄덕였다.

명성 있는 작곡가들은 대개 기획사에서 밀어주는 가수나 유명한 가수가 아니면 의뢰를 잘 받지 않았다.

보통 A급 작곡가라고 해도 작곡 비용은 대략 천만 원 정도로 그리 비싼 금액이 아니다.

작곡가는 저작권료로 먹고사는 직업인데, 그 곡이 잘 팔리지 않으면 저작권료가 안 나오기 때문이다.

특히나 현일 같은 회사의 메인 작곡가가 남의 회사 무명 가수에게 신경 쓸 여유도 없을 것이기에 조한용은 현일이 의뢰를 받아들일 거라고는 기대하지 않았다.

"제가 하겠습니다."

그의 눈빛이 번뜩였다.

"…정말입니까?"

"네."

이미 스타가 된 GCM의 가수들에게 곡 하나 더 주는 것이 더 이득일지도 모른다.

하지만 전생에서의 경험이 현일로 하여금 그때의 다짐을 잊지 않게 해주었다.

'가는 사람 붙잡지 말고 오는 사람 내치지 말자.'

그리고 조한용은 CGW의 이사인 만큼 영화계 사람들과 연결돼 있을 테니 서로 얼굴을 익혀둬서 손해 볼 건 없을 터였다.

"그럼… 언제쯤 가능하십니까?"

"지금이라도 됩니다."

조한용은 자리에서 일어나더니 현일의 손을 악수하듯이 부여 잡았다.

"잘 부탁드립니다."

*          *          *

KOS2 뮤직 붐 스튜디오.

―이제 그만하자~

"컷!"

녹화가 끝났음을 알리는 소리에 제작진의 몸에 깃들어 있던 긴장감이 풀렸다.

"감사합니다!"

"수고하셨습니다!"

CL E&M의 3인조 중고 신인 발라드 그룹 '혜성'의 녹화가 끝나자 그들은 제작진에게 허리 숙여 인사했다.

"잠깐 이리 와봐."

설민석 PD가 그들에게 손짓하며 말했다.

혜성은 뭔가 끓리는 거라도 있는지 연신 설 PD의 눈치를 보며 주춤주춤 다가갔다.

"네."

"내가 왜 불렀는지 너희들이 더 잘 알 거야."

"……"

"니들만 나오면 시청률이 폭삭 떨어져."

"죄송합니다."

"앞으로 더 열심히 하겠습니다."

보통 스케줄이 겹치거나 특별한 일이 있어서 생방송에 출연하지 못하는 가수들을 위해 미리 녹화를 해두고 생방송 때 틀어주지만 혜성의 경우는 달랐다.

언제나 그들만 나왔다 하면 시청률이 폭락하기에 설민석 프로듀서에게도 혜성은 그냥 녹화 방송으로 진행하라고 지시가 내려온 것이 화근이었다.

여차하면 통편집하겠다는 무언의 압박이었다.

그가 한숨을 내쉬며 입을 열었다.

"이게 마냥 열심히 한다고만 되는 건 줄 알아? 더 좋은 노래를 가져오란 말이야! 사람들이 듣는 노래! 니들 녹화만 하면 내가 다 축 늘어져서 일할 맛이 안 나!"

"죄송합니다."

혜성은 아무 말도 할 수가 없었다.

그런 말을 들어봐야 노래를 쓰는 건 자신들이 아니었다.

그저 회사에서 주는 노래를 받아먹는데, 그것이 그리 신통치 않았다.

차라리 그룹의 리더인 강민수가 직접 작곡을 하겠다고 했지만 회사는 불허했다.

처음엔 이름도 없는 기획사에 들어가 전전긍긍하기를 2년, 혜성의 실패로 회사는 부도가 나버렸고 그대로 각자 다른 길을 찾으려 할 때쯤 메인 보컬 조남호의 아버지가 CL 계열사의 임원이 되어 CL E&M과 계약할 수 있었다.

그러나 기쁨도 잠시, 이제 살았다고 생각했지만 아무도 알아주지 않는 가수의 소속사 이전에 관심을 가지는 대중은 없었다.

뉴스 기사를 찾아봐도 어쩌다 한두 줄 정도 짤막하게 언급되어 있을 정도로 그들의 인지도는 절망적이었다.

운 좋게 메이저 기획사와 계약했지만 밀어주지 않았다.

혜성은 그저 '우리 회사는 이런 신인들도 포용합니다'라는 생색을 내기 위한 포석에 지나지 않았다.

그것을 일찍 깨닫지 못한 것이 너무나도 한스러웠다.

이윽고 설 PD의 입에서 절망적인 통보가 나왔다.

"계속 이대로라면 앞으로 출연 못 시켜주니까 그렇게 알아!"

"알겠습니다."

그들은 설민석 PD의 뒷담화를 하며 걸음을 옮겼다.

다음 촬영 장소로 이동하기 위해 밴을 타고 즉시 출발했다.

사실 다음 스케줄이라고 해봐야 도착해도 시간이 많이 남지만 말이다.

강민수가 운을 띄웠다.

"거기 가면 두 시간 동안 뭐 하지? 폰 게임도 질렸는데."

"근처 노래방이나 갈까?"

"우리가?"

"뭐 어때? 알아보는 사람도 없을 텐데."

조남호는 농담조로 말했지만, 밴 안의 분위기는 가라앉았다.

그때 조용히 운전을 하고 있던 로드 매니저가 조심스럽게 입을 열었다.

"저… 사실은 연습실로 가고 있습니다. 다음 일정이 취소됐거든요."

그의 고백을 끝으로 도착할 때까지 차 안에선 아무도 입을 열지 않았다.

그들의 앞날은 어두컴컴해 보였다.

\*　　　　　\*　　　　　\*

CL E&M 연습실.

"이제 진짜 무덤으로 가는구나."

혜성의 막내 멤버인 신기현이 연습실 문을 열며 중얼거렸다.

안으로 들어서자 몇 명의 가수가 저마다 노래를 부르고 있는 모습이 보였다.

CL E&M에는 혜성과 상황이 그리 다르지 않은 가수들이 여럿 있었는데, 그들은 마치 약속이라도 한 듯이 같은 연습실을 썼다.

그래서 이 연습실에 붙은 별명이 'CL의 무덤'이었고, 이 무덤의 가수들은 '시체'였다.

하나 신기현이 뱉은 '무덤'의 의미가 평소와는 조금 다르다는 것을 멤버들은 알아차렸다.

"불길한 말 하지 마. 말이 씨가 된다."

강민수의 말에 조남호는 이제 와서 왜 그러냐는 듯 불만을 툭 내뱉었다.

"뭐, 어차피 맞는 말 아냐? 당장 오늘 잡혀 있던 방송도 갑자기 전화 와서 다른 출연자로 바뀌었으니 안 나와도 된다고 하고, 가수이면서 변변한 곡 하나 없고… 우린 PD들한테 단단히 찍혔어. 씨는 무슨, 이미 맺은 열매가 다 썩고도 남았다."

그에 강민수가 그를 강하게 쨰려보았다.

"뭐야? 내 노래가 변변찮다 이거냐?"

"아니, 내 말은… 노래를 외주에 맡겨도 별로 괜찮은 곡이 없다는 뜻이었어."

"그게 그거잖아!"

조남호가 피식 웃었다.

"그래, 그게 그 뜻이다. 애초부터 우리가 처음 기획사에 있을 때 네가 작곡하겠다고 고집만 안 부렸어도 이렇게까지 되진 않았겠지."

"이 자식이 보자 보자 하니까! 그래, 넌 백 있다 이거지?"

"그 백으로 나만 이득 봤냐? 그래도 같은 팀이니까 아버지한테 부탁드려서 너도 데려와 줬는데 이게 은혜도 모르고……."

분위기가 무거워졌다.

조남호의 말을 끊으며 신기현이 둘을 제지했다.

"형들 그만해요. 사람들이 쳐다보잖아요."

정신을 차리니 고개를 돌리지 않아도 여러 시선이 자신을 쳐다보고 있는 것이 느껴졌다.

괜히 긁어 부스럼을 만들 필요는 없기에 둘은 작은 다툼을 멈췄다.

조남호가 무미건조한 말투로 입을 열었다.

"…연습이나 하자."

"좀 이따 하시면 안 될까요?"

"……?"

갑자기 들려온 목소리에 셋은 일제히 고개를 돌렸다.

"누구십니까?"

혹시나 새로 무덤에 들어온 시체일까 하는 생각이 들었으나 고개를 저었다.

이미 무덤에 대해서는 CL E&M 소속의 가수라면 소문이 퍼질 대로 퍼진 상태였고, 그건 연습생들에게도 예외가 아니었다.

그렇기에 연습생은 데뷔를 하기 전부터 무덤에 들어가게 될까 걱정하는 판국이었다.

한데 지금 들어온 사람의 눈빛은 이 연습실에 있는 여느 가수들의 죽어 있는 눈빛이 아니었다.

뭐든 할 수 있을 것만 같은 자신감 넘치는 눈빛.

그것이 현일의 눈에서 느껴졌다.

"작곡가입니다."

"작곡가요?"

"네, GCM이라는 예명을 쓰고 있습니다."

"아!"

일순간 셋의 눈이 휘둥그레졌다.

히트곡 제조기.

말로만 듣던 바로 그 작곡가가 눈앞에 나타났기 때문이다.

"그런 분이 왜……?"

그런 작곡가가 자신들에게 무슨 볼일이 있는 것일까.

셋은 설마하는 생각이 들었지만, 동시에 그럴 리 없다고 부정했다.

혜성은 그저 가요계에서 흔하게 굴러다니는 돌멩이나 마찬가지였으니까.

현일은 무슨 그런 걸 물어보냐는 듯 대답했다.

"왜겠습니까? 작곡가가 가수를 만나는 건 한 가지 이유밖에 없죠."

"……."

셋은 얼어붙었다.

그 와중에도 강민수는 눈에 이채를 띠었다.

"그럼 잠시 이야기 좀 할까요?"

그러자 연습실 내의 모든 인원이 혜성에게 질시와 부러움을
표했다.

"와, 난 저런 사람한테 언제쯤 노래 한번 받아보나."

"지난번엔 잔인한 형제한테 곡 받기로 했는데… 아직도 소식
이 없네."

"그 생각만 하면 돌아버릴 것 같아."

'가련한 영혼들이 많구나. 쯧.'

현일은 연습실에 있는 인원을 둘러보며 속으로 혀를 찼다.

'이곳이 무덤이라더니, 알 만하군.'

CL E&M이 그저 아무런 이유도 없이 저 가수들을 버렸을까?

아니다.

당장 연습실에서 하라는 연습은 안 하고 재잘재잘 떠드는 모
습만 봐도 알 수 있었다.

뭐, 그럴 수도 있다.

사람은 쉬어가면서 일해야 하는 법이니까.

그러나 저토록 자연스럽게 맥주와 각종 군것질거리가 여기저
기 널려 있는 것을 보니 평소의 모습을 쉽게 연상할 수 있게 해
주었다.

물론 이해는 한다.

대부분 파릇파릇한 20대로 청춘을 즐기고 싶은 나이이다.

그렇기에 회사 차원에서 관리를 해줘야 한다.

하지만 알아서 잘하는 맥시드와 비교되는 것도 사실이다.

'내가 알 바는 아니지.'

현일 혼자서 저들을 다 어떻게 해줄 수 있는 것도 아니다.

CL E&M이 알아서 해야 할 문제였다.

바꿀 수 없는 것은 받아들이는 평온을, 바꿀 수 있는 것은 변화시키는 용기를, 그 둘을 구분할 수 있는 지혜를.

안목 스킬을 써보니 가수로 데뷔했음에도 여전히 여러 항목이 고작 '일반'에 머물러 있는 이가 태반이었다.

그에 반해 모두 가창력만은 레어 등급이었다.

'기본은 되어 있어.'

하여튼 혜성과 현일은 부러움이 가득 담긴 가수들의 시선을 뒤로하고 조용한 곳으로 자리를 옮겼다.

절로 어깨가 으쓱거리는 것을 애써 참으며 조남호가 조심스럽게 입을 열었다.

"저… 곡 받는 거 맞죠?"

"네."

"언제 받아볼 수 있을까요?"

현일은 그가 왜 저런 걱정을 하는지 잘 알고 있다.

유명 작곡가에게 곡을 받기로 했다는 소식을 듣고 기대하고 있으면 갑자기 흐지부지되어 버리는 일이 종종 일어나곤 한다.

"이미 계약서까지 썼습니다. 걱정 안 하셔도 됩니다."

그러자 혜성의 얼굴이 펴졌다.

'이제야 뭔가가 되는구나!'

단 한 사람도 알아보는 사람이 없던, 꿈에 부풀어 있던 신인 시절 때부터 지금까지 거의 제자리였다.

마음 같아선 옆의 멤버를 부둥켜안고 환호라도 하고 싶은 심정이다.

"감사합니다!"

"전 아직 아무것도 한 게 없습니다. 감사는 제가 아니라 아버지께 드리셔야죠."

조남호는 눈물이 핑 돌았다.

처음 소속된 기획사가 망하고 CL E&M으로 들어왔을 때 이후로 아버지에게 감사하단 말을 한 번도 해본 적이 없다는 것이 떠올랐다.

"그럼 노래를 들어볼까요?"

몇 마디의 대화가 오가고 바로 본론으로 들어갔다.

혜성은 고개를 끄덕이고는 자리에서 일어나 노래를 부르기 시작했다.

현일은 가만히 앉아서 그들의 노래를 들으며 그래프를 보았다.

전반적으로 무난한 그래프가 그려졌지만, 강민수에게서 간간이 붉은 그래프가 그려졌다.

노래가 끝났다.

혜성은 기대 반, 불안감 반으로 현일을 바라보았다.

"어떻습니까? 직설적으로 평해주세요."

"음, 그렇다면… 가장 첫 번째 문제로 이미 자각하고 계실 거라 생각하지만 노래가 별롭니다. 세 분 다 비주얼은 뛰어나신데, 대중의 이목을 집중시킬 수 있는 매력이 없어요."

특히나 요즘엔 가수들의 외모가 모두 상향 평준화되어 있어서 대중들은 비주얼로 밀어붙이는 전략에 질린 상태였다.

또한 파워스타나 케이원스타로 인해 외모가 그리 뛰어나지 않은 사람들도 충분히 인기를 구가할 수 있게 되었다.

현일이 신기현을 보며 말을 이었다.

"신기현 씨."

"네?!"

큰 죄라도 지은 것처럼 자신의 이름이 호명되자 화들짝 놀라는 그였다.

"메인 보컬은 조남호 씨 아닙니까?"

"네, 맞습니다."

"그런데 코러스 파트에서 조남호 씨랑 똑같이 열창을 하니 각자의 매력이 안 살아납니다. 음역대를 다르게 해보시든지, 추임새로 화음만 맞춰주시든지 해보는 게 어떨까요?"

"알겠습니다."

"그리고 강민수 씨."

"네."

"하이라이트 파트에서 바이브레이션은 안 넣는 게 좋을 것 같습니다. 호흡이 달리는 게 느껴지거든요. 듣는 사람이 다 불안할 지경입니다."

"그렇군요. 참고하겠습니다."

"애초에 메인 보컬이 조남호 씨인데 왜 하이라이트를 강민수 씨 혼자 부르는 겁니까? 각자의 파트를 지정하는 게 누구죠?"

그러자 강민수가 현일의 눈치를 보며 슬며시 손을 들었다.

"…접니다."

"후, 그뿐만이 아닙니다. 제가 여기 오기 전에도 여러분의 곡을 몇 번 들어봤는데, 신기현 씨가 노래를 가장 잘하더군요. 신기현 씨를 메인 보컬로 앉혀놔도 모자랄 판국에 그의 파트가 가장 적다는 게 잘 이해가 안 갑니다."

가창력은 분명 모두 레어 등급이었지만 그래도 신기현이 가장 나았다.

강민수와 조남호는 퍼포먼스가 일반인 반면에 신기현은 퍼포먼스도 레어 등급이었다.

그는 어느 하나 다른 두 명에 비해 뒤떨어지는 것이 없었다.

현일의 말에 딱히 할 말이 없는 혜성은 고개를 푹 숙였다.

"제가 작곡을 하게 되면 많은 부분이 달라질 겁니다."

마음 같아선 신기현을 메인 보컬로 바꾸고 싶었지만, 그룹 내의 사정은 현일이 신경 쓸 일이 아니었다.

그런 것보다 현일은 조남호를 최대한 메인 보컬답게 만들어주는 것이 자신의 역할이라는 생각이 들었다.

그 정도는 바꿀 수 있는 거니까.

강민수가 물었다.

"작곡가님, 괜찮으시다면 제가 최근에 작곡한 노래 한번 들어주실 수 있겠습니까?"

"네, 물론이죠."

길게 끌 것도 없이 현일은 바로 그의 노래를 들어본 뒤 소감을 얘기했다.

"이건 그래도 괜찮네요, 좋습니다."

"그런가요?"

현일은 고개를 끄덕였다.

아예 발전이 없는 것은 아닌 모양이다.

강민수 특유의 스타일은 묻어나왔지만, 이전 노래들과 비슷하지는 않았다.

"다만 뭔가 허전합니다."

"무슨 말씀이신지……?"

"비가 오네요."

　현일은 그렇게 중얼거리며 강민수의 물음에 대답하지 않고 창문 밖을 쳐다보았다.

"내일 봅시다, 강민수 씨."

＊　　　＊　　　＊

　현일은 뭔가 떠오른 듯 작업실로 돌아가자마자 창밖의 빗소리를 녹음했다.

　차 지나가는 소리, 천둥치는 소리 등등 모든 것이 효과음이다.

　다음 날 녹음을 마친 후 DAW 프로그램을 켜고 몇몇 부분을 수정했다.

'생각보다 의뢰가 빨리 끝나겠는데.'

　마지막으로 빗소리와 하이라이트 부분에 천둥 번개 소리를 삽입했다.

　현일은 마지막으로 곡을 들어본 뒤 즉시 혜성의 연습실을 찾아갔다.

"재생해 보세요."

　강민수는 음악을 듣는 동안, 무언가 넘어서지 못할 벽을 맞닥뜨린 느낌이 들었다.

"…뭘 한 겁니까?"

"들으신 그대로입니다. 강민수 씨가 만든 곡을 약간 손봤습니다. 자연의 소리를 담았다고나 할까요? 하하! 훨씬 나아졌네요. 어떤가요? 마음에 드십니까?"

혜성은 그저 가만히 고개를 끄덕였다.

강민수가 다시 노래를 재생했다.

편곡된 노래는 전과 확연히 달라져 있었다.

크게 달라진 것은 없는 것 같은데, 이제는 현일이 말한 노래의 매력이 존재했다.

배경으로 깔리는 빗소리는 자칫 귀에 거슬릴 법하건만 오히려 노래의 긴장감을 살려주고, 하이라이트 파트에 넣은 천둥소리는 단조롭던 분위기에 색다른 느낌을 주었다.

그는 놀라움을 금할 수 없었다.

'이게 프로 작곡가와 나의 차이인가.'

토끼 눈을 뜨고 있는 그에게 현일이 설명해 주었다.

"선입견을 틀어놓은 거죠."

"선입견이라고요?"

"네. 살면서 비가 내리는 날은 많습니다. 그러면서도 그 소리를 녹음해서 노래에 담는다는 생각은 하지 못하죠. 당연합니다. 그 누가 그런 생각을 할까요? 특히 발라드 곡엔 더 그렇죠. 물론 빗소리를 효과음으로 까는 노래가 종종 있긴 하지만, 노래 전체에 담은 노래는 거의 없으니까요."

"…정말 감사합니다. 이렇게 좋은 노래는 처음 받아봅니다."

"감사하긴 아직 이르죠. 아직 의뢰가 안 끝났잖아요?"

"예?"

혜성의 멤버들이 동시에 의문을 표했다.

'이런 곡을 받았는데도 더 있다는 건가?'

신기현은 자신의 볼을 꼬집어봤다.

꿈이 아니었다.

현일이 빙긋 웃으며 말했다.

"이건 강민수 씨의 노래를 편곡했을 뿐입니다. 제가 작곡한 노래는 안 드렸으니까요. 이 노래랑 제가 드릴 노래로 싱글 앨범으로 내시면 되겠네요. 아, 다음 곡은 일렉트로닉으로 갑시다."

"예? 우린 발라드 그룹인데요?"

"발라드 그룹이면 어떻고 락 밴드면 어떻습니까? 발라드에 일렉트로닉을 접목시킬 겁니다. 장르는 개척해 나가는 거니까요. 이번 달 내에 만들어 드릴 테니 지금 잡혀 있는 스케줄은 회사와 협의해서 모두 캔슬하는 게 좋을 것 같습니다."

"어째서죠?"

"이미 혜성이라는 그룹은 대중들의 머릿속에 각인되어 있어요."

그에 멤버들이 일제히 의아해했다.

이건 또 무슨 소리란 말인가.

음악 방송에 자신들만 나왔다 하면 시청률이 떨어지는 것이 당연한 수순인데 말이다.

현일이 씁쓸하게 덧붙였다.

"믿고 거르는 그룹으로 말이죠."

"……"

"기껏 좋은 노래 듣고 나왔는데 사람들이 안 보면 그만입니다. 그러니까 차라리 사람들의 뇌리에서 잊힐 때까지 기다리시고 새로운 마음으로 출연하는 게 나은 선택일 수도 있습니다. 물론 이건 순전히 제 의견일 뿐입니다. 결정하는 건 여러분입니다."

다소 파격적인 제안이었지만, 현일은 만약 혜성이 GCM 엔터테인먼트의 가수였다면 응당 그렇게 했을 것이다.

그들은 고심했다.

저들끼리 무어라 대화를 나누더니 이내 비장한 표정으로 고개를 끄덕였다.

"작곡가님의 의견에 따르겠습니다."

*　　　*　　　*

CL E&M 기획 사무실.

"오~ 혜성 얘네들, 이번 노래는 상당히 잘 뽑혔는데요? 누가 작곡한 겁니까?"

레코딩 엔지니어인 권영태가 음반 기획자 채동석에게 엄지를 치켜세우며 한마디 덧붙였다.

"설마 강민수 그 녀석이 만들었을 리는 없고."

채동석은 고개를 들어 권영태를 흘깃 보더니 이내 다시 고개를 숙이고 서류를 만지작거리며 대답했다.

"그 녀석 맞아."

그러자 권영태는 일순간 뒤통수를 쇠망치로 세게 맞은 것 같왔다.

그가 한 박자 늦게 되물었다.

"예?"

"민수가 작곡한 노래 맞다고."

"하 참, 살다 보니 별일이 다 있군요. 쥐도 궁지에 몰리면 고양이를 문다더니 이제 불러주는 방송도 없으니까 뭔가 변화가 오긴 오려는 모양이네요."

"GCM 작곡가가 편곡해 준 거지만."

권영태가 알겠다는 듯 고개를 끄덕였다.

이번엔 납득이 아주 빨랐다.

"그럼 그렇죠. 어쩐지……. 근데 원판 불변의 법칙이라고, 아무리 뛰어난 편곡자라도 원곡이 시원찮으면 편곡을 한다고 해서 노래가 그렇게 달라질 수 있을까요?"

"글쎄다. 혹시 모르지. 진짜로 민수 그 녀석이 변화를 맞이하는 걸지도."

채동석이 의미심장한 말을 던졌다.

권영태가 입으로 가져가던 컵을 멈추고 눈썹을 찡긋거리며 물었다.

"무슨 뜻입니까?"

"글쎄다."

"그러깁니까?"

"나중에 알게 될 걸……."

채동석이 말끝을 흐렸다.

그 뒤로도 권영태는 몇 번이나 더 물어봤지만, 끝내 대답을 들지 못하고 휴식 시간은 끝이 났다.

"혜성, 녹음 준비 끝났어요! 영태 씨만 오면 바로 시작할 겁니다!"

"예, 예! 갑니다, 가요!"

"잠깐만 기다려 봐. 이것만 정리하고 나도 같이 가지."

"예? 예."

채동석의 말에 권영태가 고개를 갸웃거렸다.

음반 기획자가 녹음 작업을 모니터링하는 게 이상한 일은 아니지만, A급 가수의 작업도 잘 참관하지 않는 그가 혜성을 모니터링하겠다는 것이 의아했던 것이다.

―이런 나의 잘못을 용서치 말아요…….

마지막 가사를 끝으로 레코딩 엔지니어가 녹음이 끝났음을 알렸다.

"수고했다. 이 노래는 다음 주부터 바로 싱글 앨범으로 제작에 들어갈 거야. 컴백은 최대한 빨리 준비하게 될 거니까 GCM 엔터에서 다음 곡 받으면 그거랑 묶어서 미니 앨범으로 내자고."

조남호가 반박했다.

"네? 하지만 GCM 작곡가님께선 싱글 앨범 하나에 두 곡 다 넣으라고 하셨는데요?"

"그거야 그 작곡가 생각이고. 어차피 그 양반이랑 다 협의한 거야. 최대한 매출을 극대화시킬 수 있는 방향으로 결정한 거니까 너희들은 그냥 시키는 대로만 하면 돼."

사실이다.

모두 현일과 전화로 오간 내용이다.

어차피 CL E&M 가수들의 음반을 어떻게 할지 결정하는 것은 채동석이었고, 현일은 그에 대해서 뭐라 할 생각도 없었고 그럴 입장도 아니었다.

"너희들은 이제 일보러 가고."

"네."

"민수야!"

"네, 채 AD님."

보통 음반 기획자를 PD라고 부르지만, 방송과 음악을 둘 다 하는 CL E&M에선 방송 PD와 혼동하지 않기 위해 AD(Album Director)라는 명칭을 쓰고 있었다.

"넌 잠깐 나랑 담배 한 대 피우자."

"알겠습니다."

이내 담배에 불을 붙이고 한 모금 빨아들이며 채동석이 입을 열었다.

"우리 툭 까놓고 얘기해 보자. 너, 계약 어떻게 했냐?"

"예?"

"돈 얼마나 벌었냐고."

"아, 아직은… 그다지… 못 벌었습니다. 트레이닝 비용을 다 못 깠거든요."

"그래도 굶어 죽을 정도는 아닌가 보네."

"그렇긴 하죠."

혜성은 지금은 부도가 난 회사에서 이미 데뷔를 했지만 CL E&M으로 들어올 때는 다시 연습생이었다.

가수치고는 실력이 많이 부족한 게 사실이었으니까.

한데 별다른 실적이 없어 여전히 정산금을 제대로 받지 못하는 신세였다.

곧 있으면 누구 덕분에 나아지리라 믿어 의심치 않지만 말이다.

"계약 기간은?"

"…짧습니다."

대답하는 강민수의 목소리가 기어들어 갔다.

일반적으로 계약 기간이 짧은 연예인은 계약이 끝났을 때 재계약이 보장되지 않는다.

언제든지 방출할 수 있도록 말이다.

"잘됐네."

"……?"

"인마, 너 데뷔한 지가 몇 년 전인데 언제까지 PD들한테 굽실거리면서 살 거야?"

"걱정은 감사합니다만, 이번엔 잘될 것 같습니다."

"됐고, 내가 딱 한 번만 말할 거니까 잘 들어."

"네."

"나랑 이 회사 나가자."

"…예?"

강민수는 자신의 귀를 의심했다.

"두 번 말 안 한다니까."

"아니, 잠시만요. 제가 들은 게……."

"맞아."

채동석이 뱉어낸 하얀 연기 너머로 그의 입이 빠르게 움직이기 시작했다.

"내가 이 바닥에서 지낸 지 어느새 10년이 훌쩍 지났다. 이 자리에 올라오기까지 구를 만큼 굴렀고 배울 만큼 배웠으니 어느 정도는 업계 돌아가는 생리도 알게 됐어."

그 뒤로도 그가 계속 떠들었지만 강민수는 그가 말하는 바를 깨닫지 못했다.

"그래서 저에게 이런 말을 하는 이유가 뭡니까?"

"말했잖아. 같이 회사 나가자고."

"그럼 저는 뭘 하라는… 설마……?"

채동석이 강민수의 반응에 피식 웃었다.

"이제야 알아차렸냐? 평생 월급쟁이로만 살 수는 없잖아. 나도 죽기 전에 사장님 소리는 듣고 가야 되지 않겠어?"

"저는 잘 모르겠습니다."

"뭘 그렇게 고민해? 야, 설마 내가 네 노래 못 쓰겠다고 해서 삐쳤냐?"

"……."

곡의 주제와 콘셉트를 전반적으로 설계하고 어떤 음반에 무슨 노래를 넣을지는 전적으로 음반 기획자인 채동석에게 권한이 있었다.

곡의 의뢰를 맡길 작사가, 작곡가, 편곡가 등을 결정하는 것도 그이고, 강민수가 작곡한 노래의 음반 수록을 불허한 것도 그였기에 마음에 담아두고 있던 것도 사실이다.

채동석이 그의 어깨를 두드렸다.

"민수야, 내가 그냥 네가 싫어서 그랬겠냐? 넌 계속 성장하고 있어. 단지 네가 아직 재능을 꽃피우기엔 아직… 아직은 살짝 모자라서 그랬던 거지. 내가 장담하는데, 넌 훗날 분명히 훌륭한 싱어 송 라이터가 될 거다."

"…항상 제 곡은 다음에 하자고 미루셨잖아요."

"에이, 그건 그때까지만 기다리라는 의미에서였어. 지금은 유명 작곡가들 노래 받아서 일단 인지도를 쌓아야 할 때가 아니냐. 젊은 날에 인기를 차곡차곡 쌓아둬야지. 작곡이야 언제든지 할 수 있는 거잖아."

강민수는 이참에 마음에 담아두고 있던 말을 내뱉었다.

그러나 듣고 보니 채동석의 말도 나름 설득력이 있었다.

"회사는 언제 차리실 건데요?"

"이거 어디 가서 절대 말하면 안 된다."

"그럴게요."

"이미 내가 몇몇 가수랑 아는 사람들 다 끌어들였어."

"누구요?"

"귀 좀 빌려줘 봐."

얼굴을 내민 강민수의 귀에 대고 채동석이 무어라 소곤거렸다.

이야기가 길어질수록 강민수의 눈은 더없이 커지기 시작했다.

"…정말입니까?!"

"그럼! 내가 이 바닥에서 일한 지가 몇 년인데 이 정도 인맥은 있다. 내가 아무런 준비도 없이 매니지먼트를 차리겠다고 큰소리치는 줄 알아?"

강민수의 눈에 황금빛 미래라는 콩깍지가 씌는 순간이었다.

그가 꿀꺽 침을 삼켰다.

"아, 그리고 말인데……."

강민수는 이어지는 채동석의 말을 조용히 들었다.

*　　　　*　　　　*

GCM 작업실.

혜성에게 주기 위한 곡을 쓰고 있는 현일에게 누군가가 찾아왔다.

"현일 오빠한테도 이런 일이 다 있네요. 웬일이래요?"

"지영이구나. 근데 갑자기 그게 무슨 말이야?"

"방금 전화 왔어요. 채동석 AD가 오빠 곡을 반려했던데요?"

"뭐라고?"

노래에는 문제가 없었다.

아직 완성된 건 아니었기에 샘플만 보내준 상태였다.

"그러게 제가 말씀드렸잖아요. 발라드 그룹한테 무슨 일렉트로닉이에요?"

"채동석 AD랑 다 얘기한 부분이야. 그 사람도 오케이했는데… 정확히 뭐라는데?"

"그냥 콘셉트를 바꿨대요. 발라드 곡이랑 일렉트로닉이 같은 앨범에 있는 게 이상하다나 뭐라나?"

"뭔 소리야? 혜성 신곡 두 개는 각각 다른 앨범에 수록하기로 했는데?"

"글쎄요? 저한테 따지셔도 전 모르는 일이에요. 혼자 다 결정해 버린 건 현일 오빠니까 오빠가 알아서 잘 해결하셔야죠."

맞는 말이었다.

"으음, 이거 완전 갑질이구만."

"네? 갑질이요?"

이지영이 고개를 갸웃거렸다.

'아, 아직 갑질이라는 말이 이슈가 되지 않은 시대인가?'

현일은 고개를 저었다.

"갑을 관계에서 갑의 위치에 있는 사람이나 회사가 을에게 횡포를 부리는 거지. 예를 들면, 그렇게 하자 해놓고 기한이 다가올 쯤에 갑자기 반려해 버리는 채동석 AD처럼."

"아~"

물론 현일은 작곡가이니 고급 인력이라는 예외성이 있긴 하지만 말이다.

"설마 CL E&M이 현일 오빠에게 악감정이 있을 리는 없고, 채동석 AD의 독단일까요?"

"지금 그걸 알아보러 갈 참이야."

현일은 연결되지 않는 전화를 종료하고는 옷걸이에서 외투를 챙겼다.

*　　　*　　　*

한적한 연습실에 때 아닌 응원이 울려 퍼졌다.

"플레이! 플레이! 플레이……."

한지윤은 동작을 멈추고 거울에 비친 자신의 모습을 쳐다봤다.

한화 이글스의 응원단장에게 염치 불구하고 구한 의상을 입고 있는 그녀.

하얀색과 분홍색이 조화롭게 어우러진 치어리더 복장은 사이즈가 작은 것인지 꽉 끼는 듯했다.

이내 두 손으로 발갛게 물든 조그만 얼굴을 감추었다.

"으으, 이런 걸 바로 앞에서 추다니… 난 절대 못해."

굳이 누가 하라고 강요한 적도 없는데 스스로 꼭 해내야만 한다는 모순된 감정이 마음속에서 충돌했다.

"어머, 지윤 선배님, 뭐 하세요?"

갑자기 들려온 목소리에 한지윤은 '꺄' 하고 작게 비명을 질렀다.

현재 그녀를 제외한 GCM 소속의 가수들은 모두 스케줄이 잡혀 있는 상태였기에 연습실에 누가 들어오리라곤 상상도 못했기 때문이다.

"아, 아영아."

성아영은 아직 연습생으로 들어온 지 얼마 되지 않았고, 마주친 적이 별로 없어서 그녀는 미처 생각하지 못하고 있었다.

한지윤의 모습을 살피던 그녀의 눈이 반짝였다.

"어! 그거 한화 이글스 치어리더 의상이잖아요?"

구장에서 가지고 나올 때부터 숨기기 위해 얼마나 고군분투했던가.

동료 멤버들의 질긴 추궁에도 지지 않고 끝까지 손에서 놓지 않은 의상이다.

하지만 결국 생각지도 못한 복병에게 발각되고 말았다.

"으, 응, 역시 이상하지?"

"이상하긴요, 엄청 잘 어울려요, 선배!"

"그런가?"

"네, 그렇다니까요!"

성아영은 한지윤을 위아래로 죽 훑어보고는 말을 이었다.

"핏이 엄청 좋아요!"

"고마워. 근데… 여기가 너무 끼어서 갈아입을 때 많이 불편해."

한지윤이 가리킨 부분을 쳐다보았다.

그러자 성아영의 입이 저도 모르게 떡하니 벌어졌다.

"헤에, 대단해요, 선배! 저 같으면 다시 태어나도 그 정도는 안 될 거예요!"

"그, 그 정도인가?"

"엄청나요, 선배!"

성아영은 세차게 고개를 끄덕이며 긍정했다.

한지윤은 내심 뿌듯해졌다.

"그나저나 응원 안무 연습하고 계셨던 거예요?"

"응."

"갑자기 치어리더가 하고 싶어진 건가요?"

"아냐."

"그럼… 응원해 주고 싶은 사람이 있는 거네요."

"그냥 피, 필요해서 그런 거야."

그러자 성아영이 고개를 끄덕였다.

"아~ 혹시 안무를 연구하기 위해서 그런 건가요?"

"어? 응, 응, 맞아! 그런 거야!"

"야~ 역시 맥시드 선배님들은 뭐가 달라도 다르네요. 스케줄이 없는 시간에도 그렇게 열심히 연구하는군요."

"음, 그렇지, 뭐. 그런데 아영아."

"네."

"치어리더는 얼마나 했어?"

"한 3개월 정도 한 것 같아요. 응원단에 막 들어갈 때만 해도 이렇게 가수의 꿈은 포기하게 되는 건가 싶었는데 생각해 보니 그리 길지는 않네요."

"3개월? 되게 잘 추던데, 너 재능 있구나?"

"아, 저 춤추는 거 보셨어요?"

"응. SH에 연습생으로 있을 때도 몇 번 본 적 있어."

"아하, 그러고 보니 맥시드 선배님들도 원래 SH 연습생이었죠? 그랬던 우리가 여기에서 마주치게 되다니⋯ 참 아이러니하네요." ·

"그러게."

"참, 선배, 응원 안무 중에 혹시 어려운 부분 있으세요?"

"응? 왜?"

"제가 도와드릴게요."

확실히 이쪽 경력이 있는 그녀가 도와준다면 도움이 될 것이다.

한지윤은 고개를 끄덕였다.

"그럼 잘 부탁할게."

"네, 선배님."

연습실에 오기 전에 응원 안무를 미리 보고 외워 왔지만 세세한 부분까지 다 머릿속에 남아 있지는 않았기에 틀리는 부분이 있을 수밖에 없었다.

그럴 때마다 성아영이 자세를 교정해 주었다.

"선배, 이 동작은 왼쪽으로 팔을 뻗을 때 고개를 오른쪽으로 돌려야 해요. 그게 포인트거든요."

"그렇구나."

성아영이 가르쳐 준 대로 몸을 움직여 보았다.

얼마 후, 가쁜 숨을 몰아쉬며 잠시 쉬는 시간을 가졌다.

팔을 뻗으면 저도 모르게 시선이 그쪽으로 움직여지는 것이다.

"치어리더도 쉬운 게 아니구나."

"네, 응원용 수술이라도 있으면 좋았을 텐데……. 그래도 지윤 선배는 프로시니까 몇 번 하다 보면 금방 익숙해질 거예요."

"프로라니 무슨, 아니야."

"에이, 저한텐 겸손해하지 않으셔도 괜찮아요. 전 국민이 다 맥시드 하면 엄지를 치켜드는데 본인이 아니라고 한대서 아닌 게 되겠어요?"

성아영은 그렇게 말하며 배시시 웃었다.

"아니래도……."

끝까지 손사래를 치면서도 칭찬에 금세 얼굴을 붉히는 한지윤이었다.

"자, 제가 말씀드린 거 기억나시죠? 이렇게……."

"그래, 다시 해볼게."

그렇게 둘은 시간 가는 줄도 모르고 함께 신나는 연습 시간을 보냈다.

그러면서도 성아영은 빠르게 실력이 늘어나는 한지윤의 재능에 감탄했다.

그러나 그녀는 미처 모르고 있었다.

김수영이 성아영을 가르칠 때마다 똑같은 기분을 느꼈다는 것을 말이다.

그리고 그런 본인의 실력 또한 가파르게 상승하고 있다는 것도.

"와, 선배님, 너무 잘하시는 것 같은데요?"

"그래?"

"네. 제가 처음 입단했을 때보다 훨씬 빠르게 배우고 있어요. 이거 완전히 제가 억울해질 정도라고요."

"네가 원 포인트 레슨을 잘해주는 것 같아. 네 덕분이야."

이 또한 성아영이 김수영에게 한 말이다.

언제나 배우는 입장이던 그녀가 훌륭하게 데뷔한 한지윤에게서 자신이 한 말을 들으니 매우 이색적인 느낌을 받았다.

문득 현일이 자신에게 한 말이 떠올랐다.

'직접 가르쳐 봐야 한다.'

그 말이 백번 옳았다.

확실히 가르쳐 보니 자신이 뭘 모르고 뭘 아는지를 대번에 알 수 있었다.

김수영의 무심하면서도 은근한 칭찬에 콧대가 살짝 높아져 있던 그녀는 자신의 부족함을 깨닫는 계기가 되었고, 그만큼 빠르게 성장할 수 있는 발판이 되었다.

"그런데 선배, 맥시드는 모든 춤을 다 직접 만드신 거예요?"

"그런 건 아니야. 지금은 전문 댄스팀을 고용해서 우리랑 같이 만들고, 좌우의 경우는 작곡가님께서 지도해 주셨어."

"네에? 그분이 안무도 가르치세요?"

그 물음에 한지윤이 흐뭇하게 웃으며 대답했다.

"지금은 안 하시지만… 작곡가님은 못 하시는 게 없거든."

"대단하네요! 그런데 저 아쉽지만 슬슬 가봐야 할 것 같아요. 트레이닝 받을 시간이에요."

"체력 트레이닝?"

"어떻게 아셨어요?"

"요즘 우리도 많이 하거든."

"아!"

힘들긴 하지만 불만은 없었다.

분명 다 생각이 있어서 그런 것이리라 믿어 의심치 않았다.

"같이 갈까?"

"좋아요!"

"그럼 마지막으로 한 번만 더 하고 오늘은 이만하자."

"네!"

그렇게 마지막 스퍼트를 달렸다.

음악과 춤에 심취하고 있어서 둘은 누가 오는 것도 알아차리지 못했다.

"한지윤?"

"헛!"

익숙한 목소리.

그녀는 화들짝 놀라 간이 떨어지는 줄 알았다.

둘은 동시에 외쳤다.

"자, 작곡가님!"

"너 그 모습은 뭐야?"

한지윤은 허공에 팔을 휘저으며 허둥지둥했다.

"이, 이건… 그러니까… 그, 그게……."

모순적이게도 자신의 지금 모습을 가장 보여주고 싶으면서도 가장 보여주고 싶지 않은 사람에게 들키고 말았다.

그녀는 부끄러워 죽을 것 같았다.

"그거 한화 이글스 응원단 유니폼 아니야? 어디서 났어?"

"제가 준 거예요."

성아영이 끼어들었다.

한지윤이 이렇게 곤란해하는 모습을 보니 말하지 못할 사정이 있는 것 같아 보인 탓이다.

"그래?"

"네."

"지윤아, 그랬으면 진작 말을 했어야지."

"네? 뭐를요?"

"그렇게 치어리더가 되고 싶었어? 아영이까지 과외 강사로 불러다 놓고."

"……."

"좋아, 맥시드의 차기 앨범은 치어리더 콘셉트로 가자."

현일은 그 말을 끝으로 회사를 나섰다.

　　　　*　　　　　*　　　　　*

CL E&M.

"채동석 AD님, 오랜만입니다."

"예, 반갑습니다만, 여기까지 굳이 찾아오신 이유를 모르겠네요."

그러나 그의 표정이 실상은 그리 탐탁지 않음을 말해주고 있었다.

"제 노래를 반려하셨다고 들었는데요."

"그랬죠."

"샘플까지 드리고 AD님이 좋다고 하셨는데 갑자기 안 되겠다고 하니 심히 당황스럽네요."

원래 특정 기획사에 소속된 작곡가를 제외하면 혹시 모를 표절의 위험 때문에 샘플을 주는 작곡가는 거의 없었다.

그래도 조한용 이사가 직접 부탁했으니 나름 신경 써서 음반 기획자와 협의하여 함께 노래를 만들어 가려고 한 것이다.

현일이 자신의 심정을 솔직하게 얘기한 것은 앞으로도 이런 식이면 곤란하다는 일종의 압박이었다.

"예. 여러 번 생각해 봤는데 아무래도 일렉트로닉은 좀 아닌 것 같아서요. 아, 오해하지 말아주십시오. 샘플 자체는 정말 좋았습니다. 차라리 다시 다듬어서 댄스 그룹에게 줘도 괜찮을 것 같더라고요."

"그냥 일렉트로닉이 아닙니다."

채동석이 현일의 말을 잘랐다.

"예, 알고 있습니다. 발라드와 일렉트로닉을 접목한, 뭐냐, 하여튼 다시 한 번 정중하게 부탁드리겠습니다. 다른 걸로 다시 만들어주십시오."

현일은 가만히 생각에 잠겼다가 입을 열었다.

"뭐… 알겠습니다. 그럼 정통 발라드 스타일이면 됩니까?"

이번엔 현일이 양보하기로 했다.

노래가 반려됐다고 해서 그 곡이 어디 가는 것도 아니니 그의 말대로 다른 가수에게 줘도 된다.

채동석이 고개를 끄덕였다.

"네, 그렇게 해주십시오."

몸을 돌려 발걸음을 옮기는 현일의 눈매가 가늘어졌다.

'뭔가 꿍꿍이가 있는데……'

현일에게만 보이는 그래프는 채동석이 무언가를 숨기고 있음을 알려주었다.

*　　　*　　　*

뮤직 붐 스튜디오.

"나 참, 살다 살다 별일을 다 보겠네. 혜성 애네들, 생방송에 출연하게 해달라니… 내일은 해가 서쪽에서 뜨겠구만."

설민석 PD가 허리춤에 양손을 얹고 무미건조한 웃음을 뱉었다.

"그러게요? CL E&M이 신인 가수 팍팍 밀어주려나 본데요?"

"걔들이 신인은 무슨 얼어 죽을 신인이야? 평생 죽만 쑤던 놈들이."

공연 순서가 앞쪽으로 잡혀 스튜디오에 일찍 나오면 이따금씩 연예계 종사자들의 입에서 여러 연예인에 대한 재밌는 소문을 들을 수 있었다.

지금도 그렇다.

'혜성? 현일 오빠가 노래 주고 있는 그 그룹 아닌가?'

이하연은 귀에 이어폰을 꽂고 스마트폰을 쳐다봤다.

안 듣는 척하면서도 설민석과 서브 PD의 말을 모두 듣고 있었다.

실제 가수가 되어보니 온갖 연예인에 대한 각종 소문이 들려왔다.

어쨌든 엔터테인먼트 업계도 사람들 먹고사는 곳이니까.

가끔씩 그 소문에 대해 검색을 해보면 비록 인터넷에 정확한 정보는 적지만 한편으론 새삼 네티즌들의 정보력이 감탄스러울 때도 있었다.

그들의 대화가 이어졌다.

"요번에 노래 괜찮은 거 들고 나왔던데, 그것까지 묻힐 수는 없나 보죠. 아니면 위에서 모종의 거래가 오간 걸까요?"

"야, 그런 말 함부로 하는 거 아냐, 인마. 누가 들으면 어쩌려고 그래? 이 바닥 소문 금세 퍼지는 거 몰라?"

"조심하겠습니다."

서브 PD는 이하연 쪽을 흘깃 보았지만 다행히 못 들은 것 같았다.

설민석이 헛기침을 했다.

"큼큼! 그래도 뭔가 있는 건 분명해. 항상 고자세로 나오던 채동석 그 양반이 직접 찾아와서 부탁까지 할 정도면 뭔가 있어."

"채동석이요? CL E&M의 그 사람?"

설민석의 눈썹이 찡긋거렸다.

"그 양반 알아?"

"알죠. 요새 이쪽저쪽 죄다 이 잡듯이 들쑤시고 다니던데요?"

"뭐 한다고?"

"그냥 뭐… 자기 아는 연예인들 꽂아달라고 야단이에요."

"너, 그 이야기 어디서 들었어?"

"Users 매니저한테요."

설민석은 뭐라 말을 하려다가 이내 들려오는 여러 발소리에 입을 다물었다.

촬영을 준비할 시간이 다가온 것이다.

"일단 세팅 시작하자. 방송 끝나고 다시 얘기해."

"옙."

그리고 이 이야기가 현일에게 전해지는 것은 당연한 수순이었다.

\* \* \*

**[중고 신인? 발라드 그룹 '혜성'의 메테오 같은 컴백 예고!]**

─혜성의 소속사인 CL E&M 측에서는 그들이 컴백한다는 소식을 전했다. 금주에 방송되는 KAS2의 음악 프로그램인 뮤직 붐에서…….

한편, 혜성은 곡을 발표하고 방송에 나온 적이 없음에도 음원 차트 상위권으로 진입하면서 팬들의 기대를 모았다.


"우리가 이런 기사를 다 보는구나!"

신기현이 울먹였다.

스마트폰의 액정으로 눈물이 한 방울 툭 떨어졌다.

노력은 배신하지 않는다는 말이 절로 가슴속에 와 닿는 순간이다.

조남호가 거들었다.

"진짜 이번에 대박 치면 앞으로 A급 작곡가들한테 꾸준히 노래 받을 수 있을 테니까 그때까지만 고생하자, 우리."

"……."

"야, 강민수. 넌 뭐가 그리 심각하냐? 시한부 인생이라도 선고받은 사람처럼."

조남호는 그렇게 말하며 그의 등을 두드렸다.

얼굴에 잔뜩 힘을 주고 있는 모습이 깊은 고민을 하고 있는 것 같다.

"아냐, 아무것도."

"아무것도 아니긴, 너 요새 종종 그런다?"

"신경 쓰지 마."

"참 나, 오늘처럼 좋은 날에 왜 그래? 인상 좀 펴, 인마."

"신경 쓰지 말라니까!"

"이 자식 이거 또 이러네."

조남호는 어이가 없었다.

언제부턴가 고민을 하고 있을 때 건드리면 화를 내기 일쑤였다.

"뭐, 힘든 일이라도 있어? 네가 리더라고 혼자 짊어지려고 하지 말고."

"…됐다니까."

답답한 게 있으면 멤버들에게 털어놔도 시원찮을 판국에 그는 입을 꾹 닫은 채 아무 말도 해주지 않았다.

그럴수록 속이 타들어가는 건 나머지 둘이었다.

"혜성 그룹이죠? 다음 차례니까 준비해 주세요."

"예!"

어느덧 조연출이 혜성의 순서가 왔음을 알려왔다.

무대에 올라서니 관객들이 소리를 질러 그들을 환영해 주었다.

적당한 긴장감이 돌아 최상의 컨디션으로 노래를 부를 수 있었다.

끝난 뒤 더 큰 무대로 진출할 생각에 부풀어 오른 그들이었지만, 강민수는 다른 둘과는 살짝 다른 꿈을 꾸고 있었다.

'아버지한테 특별히 부탁해서 너희 둘까지 다 데려온 거야. 설득하느라 힘들었다? 내가 이런 거 생색내고 싶진 않았는데 이건 꼭 말해야겠다. 우리 셋은 앞으로 망하든 성공하든 끝까지 같이 간다. 알았냐?'

그는 CL E&M과 계약한 지 얼마 안 됐을 때, 문득 조남호가 한 말이 떠올랐다.

'그래, 자식아. 죽을 때까지 함께한다'라며 호언장담하던 자신의 모습이 눈앞에 아른거렸다.

Chapter 8
성공하니 변하는군

시간이 흘러 혜성의 새 싱글 앨범은 그들의 바람대로 순탄한 길을 달렸다.

여러 방송 및 음원 차트 최상위권도 찍어보고 팬도 많이 늘어났다.

불러주는 방송도 많아졌다.

CL E&M 회사 내 가수 중에서 입지도 올랐고, 연습실도 바뀌었다.

그 이후로 혜성의 얼굴엔 시시각각 웃음이 가득했지만, 강민수의 웃음은 그 의미가 조금 달랐다.

신기현이 입을 열었다.

"역시 CL E&M에 오길 잘한 것 같다. 이 회사 아니었으면 그 작곡가한테 곡을 받기는 힘들었을 거야. 다 남호 형 덕분이야."

"아냐. 내가 뭘 했다고. 그나저나 이렇게 좋은 날엔 다들 한잔 해야지? 안 그러냐, 강민수?"

조남호는 강민수가 당연히 긍정할 거라 생각했지만, 그의 표정은 시큰둥하기만 했다.

"아니. 난 할 일이 있어서."

"무슨 할 일? 너 스케줄 없는 거 내가 다 아는데."

"일 때문은 아니고, 만날 사람이 있거든. 술은 그냥 너희끼리 마셔라."

"그러냐? 아쉽지만 어쩔 수 없지. 그럼 다음에 같이 마시자."

"그래, 그러자."

＊　　　　　＊　　　　　＊

CL E&M.

사무실에 앉아 있던 채동석은 강민수를 보자마자 친근하게 웃었다.

"민수야, 네가 이런 데서 썩기엔 네 재능이 너무 아깝지 않아?"

"재능이라뇨. 제가 만든 노래로 성공한 것도 아닌데요, 뭐."

"에이, 무슨 소리야. 가수가 노래만 잘하면 됐지."

"……"

"아무튼 결정은 했어?"

"네, 했습니다."

채동석은 혜성이 지금처럼 뜨기 전부터 강민수에게 꾸준히

러브콜을 해왔다.

자신과 함께 새로운 연예 기획사에서 새롭게 시작하자고 말이다.

CL E&M보다 훨씬 더 좋은 조건에 꾸준히 밀어주기로 약속받았다.

그리고 이제는 그 결심을 굳혔다.

채동석은 기대 가득한 표정으로 강민수를 재촉했다.

"그래, 어떡할 거야?"

"네, 채동석 AD님과 같이 가겠습니다."

채동석이 흡족한 미소를 지었다.

이제 혜성은 나름 유명한 그룹이 되었다.

그것까진 좋았지만 강민수는 만족하지 못했다.

작곡, 메인 보컬, 리더 모두를 자신이 하고 싶었다.

채동석이 그의 어깨를 탁탁 두드렸다.

"좋아, 잘 생각했어. 절대 후회하지 않을 거야."

"대신 조건이 있습니다."

이 정도는 예상했다는 듯 채동석은 일말의 표정 변화 없이 물었다.

"뭔가? 가능한 거라면 뭐든 들어주지."

"작곡은 제가 하게 해주십시오."

강민수의 작곡이 CL E&M에서 불허된 이유는 그의 곡이 영 시원찮은 것도 한몫했지만 다른 이유도 있었다.

가수가 직접 작곡을 하면 저작권료를 본인이 가져갈 테고, 그러면 회사의 수입이 줄어들기 때문이다.

하지만 이제는 자신 있었다.

실제로 현일이 혜성에게 줄 두 번째 곡을 작곡하는 것도 직접 보았다.

그냥 DAW를 몇 번 만지더니 뚝딱 만들어내는 모습이 자못 천재 같아 보이기도 했지만, 왠지 자신도 그렇게 할 수 있을 거란 생각이 들었다.

'그 사람도 하는데 나라고 못할까' 하고 말이다.

채동석이 지속적으로 헛바람을 넣어준 탓에 생긴 근거 없는 자신감이었다.

"내 무슨 얘기를 하나 했더니만 그거였나? 그 정도야 당연히 해줄 수 있지. 그런데 말이야."

그는 말을 하다 말고 주변을 둘러보았다.

"말씀하세요."

"큼, 안 그래도 언젠가 그것에 대해서 얘기하려고 했는데 마침 말이 나왔으니 지금 하지. 그 GCM 작곡가가 예전에 나한테 준 노래의 샘플 말이야."

"일렉트로닉 샘플이요?"

"너한테 그 샘플 줄 테니까 그걸 살짝 변형시켜서 만들어보는 건 어때?"

그러자 강민수의 눈이 휘둥그레졌다.

그도 그럴 것이, 채동석의 말은 표절을 하란 뜻이 아닌가.

"그런… 짓을 해도 괜찮을까요?"

그러나 강민수의 걱정은 표절하는 것에 대한 양심의 가책이 아니었다.

그저 들키면 뒷감당을 할 수 있을까에 대한 고민이었다.

"걱정 말아라. 뭐 어떤가? 모방과 창작은 종이 한 장 차이인데. 그리고 너도 작곡을 해봤으니 알고 있겠지. 저작권 등록은 음원이 나오는 시기에 맞춰서 등재하는 거."

"그런데요?"

"그러니까 아직 그 노래는 저작권 등록이 안 돼 있다 이 말이지. 심지어 완성된 것도 아니고 그저 샘플일 뿐이지 않나. 원래 저작권은 먼저 등록하는 사람이 임자야."

"하, 하지만……."

"스스로도 자각하고 있겠지만 넌 아직 작곡 능력이 그리 뛰어나진 않아. 아직 경험이 많이 필요한 시기라고. 설사 무슨 일이 있다 하더라도 너한텐 아무 피해가 없을 거야. 네 등 뒤엔 내가 있으니까."

강민수는 주저하더니 이내 고개를 끄덕였다.

"…알겠습니다."

그러나 이 둘은 모르고 있었다.

이 일이 후에 어떤 폭풍을 불러일으킬지를.

*      *      *

현일이 혜성에게 두 번째 노래를 준 뒤로 그들의 주가는 날마다 올라갔다.

그럴수록 강민수의 자신감, 아니, 자만심도 날로 커져갔다.

혜성의 인터뷰 때도.

"각자 멤버들에게 하고 싶은 말이 있으십니까?"

"네. 형들과 함께한 지도 꽤 시간이 흘렀습니다. 그동안 말도 많고 탈도 많았지만, 부족한 저를 잘 이끌고 와줘서 너무나도 고맙고 언제까지나 쭉 함께하고 싶습니다."

"조남호 씨는요?"

"저도 기현이랑 같은 생각입니다. 일단 가장 먼저 저를 지지해 주신 부모님께 사랑한단 말씀을 드리고 싶습니다. 그리고 우리를 믿고 지원해 준 회사에도 고맙게 생각하고 있습니다."

둘은 매니저가 준비한 대로 정석적인 멘트를 읊었으나 강민수는 달랐다.

"물론 혜성이라는 그룹도 좋아요. 하지만 기회가 된다면 솔로로도 활동해 보고 싶네요."

물론 그럴 수도 있다.

솔로로 활동하는 게 나쁜 일도 아니다.

그렇기에 둘은 기분은 불편했어도 강민수에게 따지거나 하지는 않았다.

하지만 그가 어딘지 모르게 변해가고 있다는 것만은 알아차릴 수 있었다.

─너를 위해 남겼던 그……

라이브 무대 위에서 조남호는 흠칫 놀라며 강민수를 흘겨보았다.

신기현 또한 크게 당황하여 하마터면 자신의 파트를 놓칠 뻔했다.

'흠, 뭐, 실수할 수도 있지.'

둘은 대수롭지 않게 여겼다.

그러나 그것도 한 번이다.

다음 파트에서도, 그리고 다음 곡에서도 강민수는 똑같은 실수 아닌 실수를 반복했다.

공연이 끝나고 나서 조남호는 이번엔 확실히 말해야겠다는 생각이 들었다.

"야, 강민수!"

"왜?"

"너 그게 무슨 짓이야?"

"내가 뭘?"

그에 조남호는 왼손을 허리에 얹으며 황당한 표정을 지었다.

미안하다고 사과를 해도 모자랄 판에 저리 안하무인격으로 나올 줄은 상상도 못했다.

"진짜 몰라서 그래?"

"모르겠는데?"

"왜 내 파트를 네가 부르는 거냐고 묻는 거잖아!"

"아, 갑자기 뭔 소린가 했더니 고작 그거 때문이었냐?"

조남호의 얼굴이 붉어졌다.

"고작 그거? 고작 그거라고?!"

"그래. 난 오히려 네가 이해가 안 되는데. 고작 그거 때문에 이리 호들갑이냐? 속 좁은 인간처럼."

그는 고작 그거를 강조하며 말했다.

이제 조남호의 얼굴은 붉다 못해 붉으락푸르락해졌다.

세 명에게 분담된 파트는 각자가 가진 고유의 영역과도 같은 것이다.

한데 그것을 강민수는 아무렇지도 않게, 멤버가 빠진 것도 아니고 마치 원래부터 제 것인 양 침범했으니 조남호가 이렇게 화를 낼 만도 했다.

조남호도 자신이 메인 보컬이라는 사실에 자부심을 가지고 있었기에 그 영향은 특하나 더했다.

그는 사과는커녕 자신은 아무런 잘못도 없다는 태도로 일관하는 강민수 때문에 돌아버릴 것만 같았다.

그가 소리쳤다.

"너 말 다 했어?!"

"다 하고 자시고, 그게 대체 뭐가 어떻다는 건지 모르겠군. 뭐, 살다 보면 그런 일도 있는 것 아닌가?"

강민수의 발언이 장전된 총의 방아쇠를 당겼다.

지금껏 쌓여온 화약이 한 번에 폭발한 것이다.

"이, 이… 내가 진짜 이런 말까진 안 하려고 했는데, 네가 이러고도 무사할 것 같아!"

강민수는 조소하며 대답했다.

"잘됐네."

"뭐?"

"안 그래도 곧 말하려고 했는데 그냥 지금 말하지. 난 혜성에서 탈퇴할 거야."

"……?"

몇 년간의 방황 끝에 이제야 빛을 보기 시작했다.

지금부터 탄탄대로를 걷는 일만 남겨두고 혜성을 탈퇴하겠다니 조남호는 그가 미쳐도 단단히 미쳤다고 생각했다.

그는 문득 일전에 한 인터뷰가 떠올랐다.

"그렇게 솔로로 활동하고 싶었어? 그렇게 혜성이 마음에 안 들었던 거냐? 혜성은 네가 만든 그룹이잖아!"

"아니, 혜성은 분명 나한테도 의미 있는 그룹이야. 네 말대로 내가 창설한 그룹이기도 하고. 근데 난 새로운 기회를 찾았거든. 굳이 따지자면 회사가 마음에 안 든다고 해야 할까?"

"너… 진짜 제정신이 아니구나?"

"천만에. 난 지극히 제정신이야. 순전히 내 의지로 결정한 일이니까. 난 혜성 따위에 묶여 있을 여유가 없거든."

"흥, SH에서라도 오라고 하나 보지?"

확실히 SH가 여러모로 구설수는 많은 회사지만, 연예인들이 스카우트를 받으면 진지하게 고민해 볼 정도로 분명 메리트가 있는 기획사였다.

그러나 강민수는 고개를 저었다.

"그럼?"

"글쎄? 때가 되면 알게 될 거야."

아무래도 강민수는 말해줄 생각이 없어 보였다.

"죽을 때까지 함께하자고 하지 않았냐?"

발걸음을 옮기던 그의 몸이 멈칫했다.

"그냥 친구 사이에 흔히 하는 농담으로 한 말이지."

"…어딜 가든 여기보다 나을 수는 없을 거다."

"아직도 부모님 품에서 못 벗어난 너야 그렇겠지."

"……."

"아무튼 그때까진 잘 지내보자고."

아마도 잘 지낼 수 없을 것 같았다.

걸어가는 그의 뒷모습을 바라보며 조남호는 작게 중얼거렸다.

"친구, 친구라……."


＊            ＊            ＊


GCM 작업실.

"역시 현일 오빠라면 해낼 줄 알았어요. 영원히 묻힐 것만 같 던 중고 신인을 그렇게 성공시킬 수 있을 거라고 누가 상상이나 했겠어요? 기획사에서도 버린 사람들인데."

"야, 당사자가 들었으면 엄청 서운하겠다."

"없으니까 하는 말이죠. 그나저나 이젠 히트곡 제조기가 아니 라 미다스라고 불러야겠는데요?"

"미다스?"

"손대는 것마다 성공하니까 미다스의 손이고, 그 손의 주인이 시니까 미다스죠. 히히."

"전자도 낯간지러운데 그것도 만만치 않네."

"뭐가 어때서요? 엄청 명예로운 별명이라고 생각하는데요?"

"사람들이 그렇게 불러주는 것도 아니잖아. 그리고 난 그 별 명 싫어."

이지영이 고개를 갸웃했다.

"왜요?"

"미다스 그 양반 끝이 안 좋았잖아."

"결국 신에게 빌어 황금을 만드는 능력을 없애고 공주도 살리고 해피 엔딩! 아니었던가요?"

"아니, 내가 본 건 자신이 황금으로 변해 버리고 죽는 거였어."

"헐!"

미다스의 결말에 대한 의견은 꽤나 다양했다.

이지영이 화제를 돌렸다.

"어쨌든 한 작곡가가 다양한 장르에서 성공을 거둔 건 상당히 이례적인 일이에요."

"그건 그렇지."

작곡가마다 자신이 정해놓은 분야가 있다.

예를 들면 잔인한 형제는 댄스곡, 박태식은 락, 누구는 발라드, 이렇게 말이다.

이미 자신의 분야에서 충분히 성공을 거둔 그들에게 새로운 것에 도전한다는 것은 위험천만한 일이다.

한데 장르를 불문하고 모두 성공시키고야 마는 현일이 그녀에겐 넘을 수 없는 거대한 벽처럼 느껴졌다.

"그런데 저번에 만든 일렉트로닉은 어쩌실 거예요? 그냥 내버려 두긴 아까운데."

현일은 피식 웃었다.

"이미 썼어."

"네?"

"최근에 혜성한테 준 곡이 그거야."

"무슨 소리예요? 그건 완전히 발라드인데."

"약간 손만 봐서 준 거거든. 그냥 악기를 신시사이저랑 여러

전자음에서 다른 발라드 곡처럼 일반적인 현악기, 타악기, 건반 악기로 바꾼 것뿐이야."

그 외에는 별다른 차이가 없었다.

* * *

CL E&M.

"우리 회사와 재계약을 안 하겠다고?"

"네, 대표님."

강민수는 CL E&M의 대표이사와 면담을 하고 있었다.

이제 그의 계약 기간이 거의 끝났기 때문이다.

혜성의 다른 두 멤버도 이미 재계약을 마쳤으니 당연히 강민수 또한 재계약을 할 것이라 생각하고 있던 대표는 의아해했다.

"어째서지?"

"CL E&M도 좋은 회사지만 저에겐 좀 안 맞는 것 같습니다."

'하기야.'

지금은 몰라도 처음 들어왔을 때부터 CL E&M은 혜성을 있는 듯 없는 듯 취급했다.

그렇기에 대표는 강민수가 그것에 대해 불만을 가지고 있을 만하다고 생각했다.

"하지만 이미 다른 두 명은 재계약을 했는데?"

"전 혜성을 나갈 겁니다."

파격적인 선언이었지만 대표의 얼굴은 그럴 줄 알았다는 듯 담담하기만 했다.

이미 결심을 굳혔다는 것이 강민수의 말투와 표정에서 느껴졌기 때문이다.

딱히 강민수가 아니라도, 아니, 혜성이 없다 해도 CL E&M이 아쉬울 건 딱히 없었다.

어차피 그들을 대체할 가수는 많았다.

손만 뻗으면 잡고 싶어하는 사람들이 줄을 설 테니까.

그래서 대표는 굳이 그를 잡지 않았다.

"마음대로 하게."

대답을 들은 강민수는 곧바로 일어났다.

"하지만 이건 말해두지. 난 너 같은 케이스를 아주 많이 봐왔어. 그룹이 성공하니까 그게 다 자기 덕택인 줄 알고 솔로로 활동하면 수입을 혼자서 먹을 수도 있고 편하고… 그런 이유로 많이들 나가지."

걸어가는 그의 등에 대표의 충고가 들려와 그의 몸이 멈칫했다.

대표의 말이 이어졌다.

"물론 그래서 더욱 성공하는 케이스도 아주 간혹 있기는 하지. 하지만 넌 아닐 것 같군."

"길고 짧은 건 대봐야 아는 법 아닙니까?"

"한눈에 보기에도 확연히 차이나면 얘기가 다르지."

"……"

"넌 짧아. 아주 많이."

\*　　　\*　　　\*

채동석이 설립한 뉴 월드 엔터테인먼트라는 새로운 기획사, 그리고 거기서 얻은 자신의 새로운 작업실은 일찍 완성되었다.

"어서 와라."

"예, 대표님."

강민수는 이제 대표가 된 채동석과 간단하게 대화를 나누고 자신의 작업실로 들어섰다.

그리고 채동석이 준 GCM 작곡가의 샘플을 틀었다.

그걸 들으면서 다른 음악을 작곡한다.

비슷하되 비슷하지 않게.

'나도 할 수 있다.'

그는 그렇게 자신을 다독였다.

지금 자신이 작곡하고 있는 노래는 온전히 나의 것이라고, 다 나의 실력으로 만들어내는 것이라고 스스로를 위안했다.

그렇게라도 하지 않으면 안 될 것 같았다.

그는 침을 꿀걱 삼키고 작업에 몰입했다.

그러나 시간은 계속 흐르고 있는데도 강민수는 머리를 움켜쥐고 끙끙거리고 있었다.

도무지 어떻게 해도 자신의 손으로는 그 작곡가가 준 오리지널 샘플을 흉내 낼 수가 없었다.

정확히 말하자면 흉내는 낼 수 있었다.

그러나 그 노래에서 우러나오는 특유의 무언가가 빠진 느낌이 들었다.

몇 번을 처음부터 갈아엎었으나 몇 번을 다시 만들어도 결과는 똑같았다.

마치 산해진미(山海珍味)에서 진미(珍味)가 빠져 버린 조잡한 음식물 쓰레기가 나온 것만 같았다.

하지만 괜찮았다.

"민수야, 어때? 요즘 진척은 좀 있어?"

"…일주일이면 끝날 것 같습니다."

"그래, 어서 마무리하고 빨리 녹음 들어가자고."

"네, 대표님."

언제부턴가 현관문이 열리는 소리에도 강민수는 어깨를 움찔거렸다.

최대한 밀어주겠다는 채동석의 약속은 이 노래가 잘된다는 조건이 붙었기 때문이다.

처음엔 자신감이 넘쳐흘러서 별 신경을 안 썼지만 지금은 애간장이 타들어가고 있었다.

이후 며칠은 원인을 찾지 못해 아무것도 하지 못했다.

그리고 언급한 일주일째가 되자 채동석도 순순히 물러서지 않았다.

"아직도 안 끝났어?"

"…예. 생각보다 쉽지 않네요."

"그게 무슨 소리야? 아예 없는 노래를 새로 만들라는 것도 아니고, 그냥 다른 사람들이 눈치 못 챌 정도로 살짝만 변형시키면 되는 걸 왜 아직까지 못해놓고 있어?"

'눈치 못 챌 정도'와 '살짝' 중 어디에 포커스를 맞춰야 될지 전혀 감이 잡히지 않았지만 강민수는 고개를 숙여야 했다.

'하지만 어떻게……?'

도대체 그 작곡가와 자신의 차이는 뭘까.

그걸 고민하는 사이에도 시간은 기다려 주지 않았다.

그럴수록 채동석의 목소리는 날로 커져갔으며 강민수의 몸은 움츠러들었다.

강민수가 빠진 혜성은 더욱 승승장구하는 중이었고.

그는 밀려오는 회의감을 애써 짓누르며 이를 악물고 밤새 매달렸다.

그러기를 또 며칠이 흘렀다.

몇 번이고 녹음을 미루었지만 결국 달라지는 게 없어 강민수는 그대로 녹음을 진행하기로 했다.

채동석이 헤드폰을 쓰고 크게 한숨을 내쉬더니 입을 열었다.

"너무 잘하려고 하지 말고 평소대로만 해."

"네."

이윽고 노래를 부르는 강민수는 자신이 그토록 좋아하는 일을 하고 있음에도 표정이 어두웠다.

얼마 후, 녹음이 끝나자 그는 조심스럽게 물었다.

"저… 대표님."

"왜?"

"그때 말씀하신 그 가수는 언제쯤 우리 회사에 들어옵니까?"

"그걸 왜 네가 걱정해? 때 되면 알아서 들어올 테니 넌 신경 꺼도 돼."

"…알겠습니다."

그는 더 이상 뭐라 따지고 들지 않았다.

'설마… 내가 속은 건가?'

일말의 불안감을 지울 수가 없었다.

그리고 또 시간이 흘러서 강민수의 신곡이 첫 선을 보이는 날이 다가왔다.

＊　　　　＊　　　　＊

강민수의 탈퇴 소식을 들은 현일은 조남호를 만났다.

"설마 연기라도 하고 싶답니까?"

조남호는 현일의 농담에 코웃음을 쳤다.

"그럴 리가요. 다른 기획사에서 솔로로 활동하고 싶다네요."

"다른 기획사요? 어딥니까?"

"뉴 월드 엔터테인먼트라고, 채동석 AD가 CL을 나가서 설립한 회삽니다."

"아!"

"아십니까?"

"들어봤습니다."

이전 생에서 그다지 좋은 회사는 아니었다.

아니, 오히려 아주 나쁜 회사였다.

회사가 망할 조짐이 보이자 채동석 대표가 여러 지인에게서 받은 투자금과 회사의 공금을 챙겨 외국으로 도망갔으니까.

심지어 그때까지 소속 가수들에게 정산된 돈은 단돈 10원도 없었다.

"채동석 AD가 얼마나 대단한 제안을 했는지 자기가 만든 혜성도 내팽개치고 도망가 버렸네요."

"이유에 대해서 별다른 말은 안 했습니까?"

"예."

"그럼 돈 때문이겠죠, 뭐. 더 좋은 조건을 제안하는 회사로 가는 건 가수의 입장에선 당연한 일이니까요. 계약 위반도 아니고."

그저 CL E&M이 재계약에 실패했을 뿐이다.

조남호는 씁쓸한 표정으로 고개를 저었다.

현일이 조남호와 신기현을 차례대로 보며 물었다.

"그럼 리더는 조남호 씨가 맡게 된 건가요?"

"예. 그래서 메인 보컬은 이 녀석에게 줬습니다."

그는 신기현의 등을 두드리며 말을 이었다.

"아무래도 기현이가 저보다 노래도 잘하고 제가 리더도 떠맡았으니 앞으로는 기현이에게 더 파트를 많이 주려고요. 얘한테도 뭔가 한자리 양보해 줘야 하지 않겠습니까?"

"고민이 많으셨겠네요."

"아닙니다. 별것도 아닌데요."

노래를 부를 때는 당연히 메인 보컬이 더 카메라와 팬들의 집중을 받는다.

집중을 받으면 기회를 얻고, 기회를 얻으면 더 뜨게 되는 법이다.

그렇기에 조남호로서는 자신의 지위를 신기현에게 준 셈이니 말은 저렇게 해도 많은 고민을 했을 것이다.

현일은 채동석에게 등쳐먹힐 강민수가 내심 측은했으나 별로 도와주고 싶은 마음은 들지 않았다.

선택에 대한 책임은 자신이 짊어져야 한다.

\*       \*       \*

GCM 작업실.

'어디 우리 회사 가수들 안 나오려나.'

문득 시계를 보니 뮤직 붐이 방송할 시간이었다.

현일은 네버에서 해주는 생중계를 틀었다.

—네~ 다음 곡은 그리움에 지친 남자의 심정을 토로하는 애절함을 표현한 강민수의 신곡! 이제는 그만!

새롭게 스포트라이트를 받고 있는 인기 탤런트 하은정이 다음 무대를 알리며 손을 흔들었다.

'탈퇴했다더니 솔로로 재데뷔했나.'

현일의 이전 생에서 혜성은 현일이 회귀를 하는 그날까지 뜨지는 못했어도 어떻게든 먹고는 살았다.

세 명이서.

'이제 영광을 누릴 일만 남았을 텐데.'

그래도 혜성에서 활동하며 쌓아놓은 인지도는 있으니 크게 어려움은 없겠지만…….

'응?'

강민수는 직접 작곡한 노래를 부르고 있었다.

물론 그거야 이상할 것 없는 일이었지만, 그가 부르고 있는 노래가 묘하게 귀에 익었다.

그리고 거슬렸다.

'웬 삼류 아마추어 작곡가가 내 음악을 카피한 느낌인데.'

그려지는 그래프를 보니 확신할 수 있었다.

지금 강민수가 부르고 있는 건 예전에 채동석에게 보여준 샘플의 카피였다.

그 샘플을 편곡해서 혜성에게 두 번째 곡을 주었으니 그 노래의 표절작이기도 하고.

"후우……"

절로 한숨이 나왔다.

표절을 해도 잘할 것이지 저토록 허접하게 해놓으니 따지고들 생각조차 들지 않았다.

그의 노래는 예전 자신의 노래를 아주 잘 답습하고 있었다.

지루하고 단조롭다.

듣고 있으면 하품이 나온다.

'자장가로는 썩 쓸 만하겠네.'

아니나 다를까, 네버 캐스트 실시간 댓글 창에서는 불만이 폭주하고 있었다.

　

—강민수 쟤, 혜성 멤버 아님? 다른 두 명은 어디 감?

—이젠 아님. 탈퇴했음.

—이번 혜성 노래는 엄청 좋던데 저건 못 들어주겠네요. 너무 지루함.

—이기심에 혼자 그룹 나가더니 혜성은 앓던 이가 빠지고 승승장구하는데 저놈은 그대로 묻힐 듯. ㅇㅇ

—그러고 보니 저 노래, 혜성 거랑 되게 비슷한데요?

—진짜네.

'어이가 없군.'

강민수의 탈퇴 이후 그에게 별다른 감정이 없었는데 지금은 약간 화가 났다.

현일은 조남호에게 전화를 걸었다.

—네, 작곡가님.

"만약 강민수가 혜성으로 돌아가고 싶다고 하면 어쩌실 겁니까?"

—…예?

"말 그대롭니다."

—하, 하지만 그 녀석이 그럴 이유가 있을까요?

"예를 들면 자기 노래가 계속해서 실패한다거나 회사가 망한다거나… 하여튼 그런 일이 일어났다고 가정해 보자구요."

—예, 예? 아, 예.

조남호는 왜 현일이 이런 말을 하는지 이해가 되지 않았다.

강민수의 자작곡이 실패하는 건 납득이 가지만.

—아! 그러고 보니 강민수의 '이제는 그만'과 저희 '바람처럼'이 상당히 비슷하던데 혹시 그것 때문입니까?

"뭐, 그럴 수도 있죠."

현일은 대충 대답했다.

—안 그래도 회사에서 움직이려고 하는 것 같던데… 아무리 그래도 강민수 그 자존심 센 녀석이 그런 말을 할 것 같진 않습니다만……

"사람 일은 모르는 거죠. 특히나 궁지에 몰리면."

─글쎄요. 솔직히 저는 잘 모르겠습니다. 어떻게 해야 할지.

"그럼 제가 정해드리겠습니다. 절대 받아주지 마십시오."

─…….

조남호의 말문이 막혔다.

'한 번 떠난 사람이 두 번 못 떠날까.'

가는 사람 잡지 않고 오는 사람 막지 않는 현일이지만 자신의 사람이 아니라고 판단되면 가차 없이 내칠 수도 있어야 했다.

"그리고 확실하게 말씀드리는데, 강민수는 망할 겁니다."

『작곡가 최현일』 5권에 계속…

FUSION FANTASTIC STORY

자미소 장편소설

# GRAND SLAM
# 그랜드슬램

2016년의 대미를 장식할 최고의 스포츠 소설!!

Career record : 984W 26L
Career titles : 95
Highest ranking : No.1(387weeks)
Grand Slam Singles results : 23W
Paralympic medal record : Singles Gold(2012, 2016)

약 십 년여를 세계 최고로 군림한 천재 테니스 선수.
경기 내내 그의 몸을 지탱하고 있는 것은…… 휠체어였다.

『그랜드슬램』

휠체어 테니스계의 신, 이영석(32).
그는 정상의 자리에서도 끝없는 갈망에 사로잡혀 있었다.

"걷고 싶다, 뛰고 싶다. …날고 싶다!!"

**뛸 수 없던 천재 테니스 선수
그에게, 날개가 달렸다!!!**

Book Publishing CHUNGEORAM

유행이 아닌 자유추구-
WWW.chungeoram.com

GAME
BALL

# 게임볼 설경구 장편 소설
FUSION FANTASTIC STORY

무명의 야구인이었던 남자,
우진이 펼치는 야구 감독으로서의 화려한 일대기!

# 『게임볼』

"이 멤버로 우승을 시키라고?"

가상 야구 게임,
게임볼을 통해 인생 역전을 꿈꾸는

## 한 남자의 뜨거운 행보에 주목하라!

Book Publishing CHUNGEORAM

유행이 아닌 자유추구 -
WWW.chungeoram.com